Il rasoio e il
loto selvatico

Un romanzo d'amore e di desiderio

Translated to Italian from the English version of
The Razor and the Wild Lotus

Biren Sasmal

Ukiyoto Publishing

Tutti i diritti di pubblicazione globali sono detenuti da

Ukiyoto Publishing

Pubblicato nel 2024

Contenuto Copyright © Biren Sasmal

ISBN 9789364943987

Tutti i diritti riservati.

Nessuna parte di questa pubblicazione può essere riprodotta, trasmessa o memorizzata in un sistema di recupero, in qualsiasi forma e con qualsiasi mezzo, elettronico, meccanico, di fotocopiatura, di registrazione o altro, senza la previa autorizzazione dell'editore.

Sono stati rivendicati i diritti morali dell'autore.

Questa è un'opera di fantasia. Nomi, personaggi, aziende, luoghi, eventi, località e incidenti sono frutto dell'immaginazione dell'autore o utilizzati in modo fittizio. Qualsiasi somiglianza con persone reali, vive o morte, o con eventi reali è puramente casuale.

Questo libro viene venduto a condizione che non venga prestato, rivenduto, noleggiato o diffuso in altro modo, senza il previo consenso dell'editore, in una forma di rilegatura o copertina diversa da quella in cui è stato pubblicato.

www.ukiyoto.com

Dedicato alla memoria della ragazza che ho conosciuto personalmente.

Contenuti

Il primo incontro	4
Il secondo incontro	7
Chitrangada / Il terzo incontro	9
Il prossimo	10
Il quarto incontro	23
Il viaggio di mezzanotte	28

Era un'ombra nell'ombra
il nocciolo di un mango, maturo
parole nelle parole, il sicario
nascondeva la briciola nel punto cruciale, in diretta
I suoi parenti erano in una terra, lontano
i predoni erano nascosti, vicino
la ragazza vide i loro foderi sotto le camicie
I suoi si affrettò a nasconderli in vita e a tacere!

A questo punto si vede l'albero di Amlaki (mirobalano).
scuotendo la testa per la paura.
Che ha visto un rasoio, appeso in aria.
Che teme una cattiva sorte.

Non è inverno.
Eppure gli alberi sono scioccati come se stessero perdendo le foglie.
Il gufo filosofo si mette in punta di piedi e dice: "Forse oggi stanno versando lacrime".
Gli alberi improvvisamente iniziano a piangere.
Il gufo chiede loro,
"Per chi stai piangendo?".
"Piangiamo per una ragazza gentile. Il nostro birdling preferito".
Interviene il poeta Koel.
"È una ragazza di diciotto anni. È Draupadi, una ragazza, dolce come la melodia dei *mantra, degli* inni, più dolce del mango maturo, della mela caramellata, della palma e del nocciolo dei frutti di jack maturi.
I sussurri sono nell'aria.

Draupadi, scomparsa da giorni, è stata rintracciata. Il bordo del suo saree (il drappellone indiano) spettinato, la treccia dei suoi capelli sciolta, lo scrigno fluente dei suoi capelli sparpagliato, la clavicola devastata, il braccialetto pestato, i seni nudi e brutalmente graffiati - i suoi occhi gonfi come la luna crescente, del secondo giorno del mese lunare.

Alcuni dicono: "Non è Draupadi". Il suo volto sfigurato assomiglia a quello di Draupadi, ma non ne è sicura".

Forse è una ragazza "altra", portata da "altri".

Tuttavia, gli uccelli acquatici squarciano l'aria con una triste sinfonia.

"Ke galo go?", chiede il corvo.

(Chi era così desideroso di rinunciare al mondo?).

La terra risponde:

"Caro, non ha rinunciato. Vive ancora qui.

Respira l'aria. Cinguetta con il canto degli uccelli.

Il poeta si impegna a comporre una canzone.

"La ragazza lunare che sei

Voi siete la luna

Perché siete nascosti sotto il velo?

Perché ti nascondi da

l'urlo prematuro della terra?

il mattino canta la sera

I traghettatori, a gran voce, si lamentano.

Tu sei la ragazza lunare

Perché una morte che grandina?".

Qui viveva Draupadi.

Sotto l'ombra.

Tra i fitti arbusti e la folla di alberi giganti.

Viveva in una casa di paglia, coperta da alberi di mango, arjun e neem.

È qui che Nirban, il galante, ha incontrato Draupadi.

Nirban, uno studente di management che studia nella capitale Kolkata, era il preferito di tutti i suoi compatrioti rurali. Non orgoglioso ma affabile, sarebbe stato pubblicato mescolandosi con i suoi paralleli del villaggio, ma diverso da loro. Tornato a casa durante le vacanze, vagava qua e là, godendosi selvaggiamente la bellezza paesaggistica del villaggio, sorridendo, ridacchiando e ridendo come un leone ruggente. Alto, ben proporzionato, muscoloso, con una pelle bruna, aveva occhi e orecchie attenti come quelli di un coniglio. I suoi occhi tradirono uno sguardo da pernice franca. I suoi amici lo descrivono veloce come uno struzzo e agile come un gallo da combattimento.

Un pomeriggio, sotto un sole cremisi, Nirban incontrò per caso Draupadi e subito fu braccato da Cupido.

Si ricordò di una canzone: Dil*hum hum kare* (Oh il mio cuore brucia di desiderio). La sua attenzione è stata attirata dalle coppie di uccelli sugli alberi che si sfiorano con i becchi e si baciano. Improvvisamente guardò con aria confusa i ronzii d'amore del calabrone sulle labbra dei fiori. L'incessante corteggiamento del bulbul per la sua compagna. La primavera è arrivata con il suo lusso di colori. Era una primavera diversa da quella di Nirban. Il vento portava sussurri. Portava con sé un sacco di desideri. Nirban, un ragazzo di soli 22 anni, impazzì inalando la dolce fragranza di una ragazza di nome Draupadi. Il grido dei koel malati d'amore si insinuò nel suo cuore.

Il primo incontro

Il "Kirtaniya" (cantore) dell'"*Harinaamsankirtan*" (esibizione musicale in lode e adorazione del Signore Krishna, Dio-Amore e Signore dell'Universo accettato nella filosofia induista vaishnavita) stava cantando il suo canto del cuore. Il suo amore con Radhika o Radha, la dea tantrica dell'amore, viene cantato e si chiama "Sankirtan". L'"Harinaam" era in pieno svolgimento. Hari" è l'altro nome di Krishna (cerimonia con canti che descrivono la bellezza di Radha e la sua devozione al Signore Krishna, l'epitome dell'amore) mentre Nirban era spettatore. Per pura curiosità, si unì agli ascoltatori colpiti dalla bhakti. Il cantore citava con giubilo gli "shloka" (versi poetici) di Jayadeva, il famoso poeta di "Geetgobindam" (canti in lode del Signore Gobinda o Krishna) ed era impegnato ad affascinare i suoi spettatori e ascoltatori.

"*bhabatikamalanetra nasika kshudrarandhra*

Abiral kuchayugma charukeshi krishangi

Mridubachan sushila gitabadyanurakta

Safaltanu subesha padmini padmagandha...".

"Ha gli occhi a forma di ninfea, il naso sottile

un paio di seni, vicini e stretti

capelli luminosi, arti flessibili

voce di miele, natura docile

di canti e musica, di cui è appassionata.

Ecco la donna del loto

il suo corpo è armonia

versa la fragranza del loto...".

Ora lo spettacolo genera Nirban. L'intossicazione è in corso.

La melodia e le offerte di danza attirano immediatamente l'attenzione di Nirban. Siede con i suoi amici in silenzio, mentre gli ascoltatori estasiati sono seduti musicalmente tranquilli. Il cantore passa ora a dare parole alle offerte estatiche di Radha al Signore Krishna. Sta intrecciando una ghirlanda per Lui con attenzione. Il cantore spiega agli ascoltatori come Radha stia intrecciando la ghirlanda per il suo amato.

"Madri e sorelle mie, come fa Radha a indossare la ghirlanda? Il poeta descrive...

"Bhubane bhuban diya bane Chandra mishayia

Ritu tate karilo kshepan".

La mente di Radha aggiunge quattordici mondi con quattordici, poi aggiunge cinque "banas" con la Luna e poi aggiunge le sei stagioni in tutto.

"Madri e sorelle, chi può risolvere l'enigma che il poeta vi ha posto davanti...?".

"Vedete, voi - i 'bhakt' (devoti) del Signore Krishna - quale nettare di lirica ci ha lasciato il compositore! È una magnifica arte delle parole. Chi di voi è in grado di svelare il mistero delle parole?

L'indizio :

"Quanti mondi ci sono, secondo le nostre scritture?".

Una ragazza rispose: "quattordici".

"Bene. Quindi, due volte quattordici significa ventotto, non è vero?".

"Sì".

"Quanti 'banas' riconosciamo?".

"Cinque 'banas', o frecce nel nostro yudh (guerra) Shastra'.

"Eccellente!"

"Se si aggiungono cinque 'banas', quanto viene?".

"In tutto trentatré".

"Bene. Se aggiungiamo la Luna, l'unica e la più cara?".

"Trentaquattro".

"Aggiungere sei 'ritus' o stagioni".

"Diventa quaranta".

"Qual è l'enigma della mente di Radha? Cosa descrive il fatto che sia assorta?".

Silenzio.

Il volto della ragazza diventa scuro per la speculazione. Poi si infiamma: "quaranta veggenti" - potrebbe essere, potrebbe essere - quaranta veggenti stanno per un tumulo, tutto qui?

Sì, l'ho ricevuto.

"Che cos'hai?"

"Radha tesse la ghirlanda con una sola mente, con un'attenzione totale. Ho ragione?"

"Certo che hai ragione! Maa Janani, (rispetto alla madre) sei una ragazza benedetta. Tu stessa sei "Radha", l'eterna dea dell'amore.

Un forte applauso per lei?".

Il pubblico è in fibrillazione e a questo punto anche Nirban prova un'ondata di eccitazione quando la ragazza raggiunge con successo il traguardo.

Nirban è ora in stato di torpore. Continua ad applaudire anche quando tutti hanno smesso.

Il cantante continua: "Maa, hai visto il Dio Supremo, Srikrishna. Ehi Radha, tu sei la più fortunata delle più fortunate".

Nirban mormora: "Chi altro è il veggente più fortunato di me?".

Il secondo incontro

Nirban, brillantemente promosso dalla scuola maschile e nome preferito nella vicina scuola secondaria superiore femminile, viene cordialmente invitato in entrambe le scuole in occasione della celebrazione del $125°$ compleanno di Tagore, il filosofo-scrittore e poeta premio Nobel.

Oggi si sta recando alla scuola femminile per assistere a un famoso dramma-danza di Tagore, CHITRANGADA, sul palcoscenico. È un pomeriggio di ozio. Il cielo è caratterizzato da fiocchi di nuvole che si muovono con noncuranza. Pioverà?

"Dio, non devono esserci piogge oggi, che l'entusiasmo dei giovani interpreti venga spazzato via!".

Nirban, da solo sulla strada languente che porta alla scuola. Una leggera brezza lo tranquillizza. Gioca con i suoi capelli. Per alcuni giorni, la sua eccitazione è in aumento, senza motivo o ragione, o per qualche motivo segreto che non riesce a individuare. Durante questi giorni di vacanza, a volte si era sentito svuotare da una tristezza inspiegabile. Si sentiva un dolore che premeva sul cuore.

Con sua grande sorpresa, sente da dietro un gruppo di ragazze che sorridono, ridacchiano e si divertono tra di loro. E lì vede la sua Radha!

Mormora dentro di sé: "Ehi, tutti e tre i mondi - il cielo, la terra e il mondo sotterraneo - vedo l'intero verde della natura illuminato da una luce divina! E ho incontrato la 'Radhika', la celebre Radha!

In primavera la intravedrò sicuramente, in inverno l'avrò come un caldo involucro contro il freddo pungente, in estate la possederò come una pioggia gradita, da spalmare!

Vestito di uno splendido Punjabi color crema, con ricami dorati, dotato di un payjama di seta bianco latte, Nirban sembra *Kartikeya* (il Cupido/Dio dell'amore) e viene subito preso come oggetto di discussione dalla cinguettante banda di ragazze che passa davanti a Nirban.

"Ehi, chi è questo ragazzo intelligente, bello e...?".

"È forse Kartikeya, senza il suo pavone?".

L'altra si è unita alla discussione ridendo nelle sue maniche.

"Non sai che è il figlio dei Chakravartys, un brillante studente che sta frequentando il corso di management all'IIM di Kolkata?".

Draupadi si guardò indietro con stupore.

("Ti sei fatta prendere la mano, mia cara Draupadi? Lo vedi come il ragazzo dei tuoi sogni, 'Arjuna', il terzo 'Pandava'?").

Gli occhi di Nirban si stupiscono: che bellezza! Che aspetto poteva avere, in un'inquadratura ravvicinata! squisito, allettante? È stordito.

Ma lei non c'è più. Lì si scioglie nella folla dei suoi compagni di scuola.

"Di quali fiori sono adornati i suoi capelli?

È Champak, la regina della notte o il gelsomino arabo?

Oho! Il vento è avaro. Mi ha rubato la fragranza, lasciandomi un mendicante senza un soldo". Il suo cuore si spezza.

Ma il vento ascolta le sue pene. Con un incantesimo più forte, fa volare via il bordo del sari di Draupadi, che viene spinta da una tromba d'aria su un cespuglio spinoso che invade la strada.

"Uh! Il mio sari! -Ehi, ragazze in anticipo, come posso esibirmi sul palco?". Le ragazze erano in ritardo. Hanno corso. La si vede cercare freneticamente di liberarla dai ganci delle spine, ma invano.

"È una provvidenza?" Nirban si precipitò verso la ragazza e la aiutò senza esitazione a liberare il punto finale del suo sari dalle spine. Egli tese le mani, il suo io, consumato da una potente limerenza, ma riuscì a sollevare Draupadi.

E Draupadi? La ragazza che emette profumo?

Il suo volto era incenerito dalla paura, anche se non riusciva a riprendersi da un'estasi momentanea.

Il suo cuore batteva come un trifoglio.

Si riscosse dal delirio e sfrecciò via verso la scuola, lanciando un euforico "grazie" a Nirban.

Chitrangada / Il terzo incontro

Chitrangada, la principessa mitologica del Regno di Manipur, che si dice fosse una delle mogli di Arujuna, il terzo Pandava, del Mahabharata, si trova lì, con tutte le luci puntate addosso. Il palcoscenico, riempito di fumi che creano un effetto stupefacente, è reso un mondo fantastico.

Chitrangada, in danza-offerta al Signore Manmatha, Chitrangada in abiti regali-colorati, esotici, eleganti-ha una presenza ipnotica-con una parte del palco illuminata, metà fumosa e buia, metà mistica-il volto architettonico di Chitrangada, i suoi movimenti coreografici in un mondo illusorio di montagne e fiumi-gli uccelli che cantano sui rami degli alberi nella foresta misteriosa... Chitrangada, con Surupa (il bel viso ben definito) e Kurupa (il brutto) che contrastano bellezza e bruttezza... Arrivano Madana (Dio dell'Amore e della Procreazione) e Basantha (la sempre verde Primavera...)

Nirban, in una notte di luna.

Non riesce a dormire.

Nella sua memoria fresca, lancia uno sguardo appiccicoso al sari di Draupadi.

Il prossimo

I problemi sono iniziati proprio dall'ufficio del Panchayat Pradhan. Sono le 11 del mattino. Le persone che arrivano in ufficio sono migliaia. La folla si infittisce ogni cinque minuti. Oggi il numero di giovani è straordinariamente alto. C'è un ruggito di protesta contro la presunta corruzione che dilaga nell'Ufficio dei Panchayat.

È significativo che per oggi la folla si sia divisa in due. Un segmento grida per il Pradhan. L'altro, notevolmente mastodontico, ruggisce contro il "tana shahi" (malgoverno) del Pradhan. Il pomo della discordia è l'"Abas Yojana" (progetto abitativo sponsorizzato dal governo indiano). I manifestanti o agitatori sono venuti determinati a vedere la fine del tunnel. Si impegnano a estromettere il Pradhan con l'accusa di aver sifonato i fondi, di averne fatto un uso improprio e di aver preso in considerazione candidati non ammissibili per l'erogazione dei fondi governativi. La gente è diventata violenta perché pensa che i detentori dei posti nel Panchayat abbiano preso "denaro tagliato" (termine usato dai circoli politici) al posto dell'esborso.

Entrambi i gruppi contendenti si sono appena presentati al Block Development Officer, che si è precipitato all'ufficio del Panchayat. Con le mani giunte, l'ufficiale chiede alla folla inferocita di avere pazienza, in modo da poter effettuare uno scrutinio adeguato e individuare eventuali candidati non idonei. Ma la folla in aumento è decisa a non dare ascolto a queste consolatorie.

La situazione diventa doppiamente violenta con gli sfoghi a lungo repressi degli emarginati sociali, per i quali il programma è stato avviato.

Seguono discussioni, contro-argomentazioni e poi una lite ad alta voce che si diffonde immediatamente alle scuole, alle università, all'ufficio di registrazione delle proprietà, all'ospedale vicino, costringendo tutti a chiudere le porte. Il panico regna sovrano.

All'improvviso, da dove la folla non lo sa, scoppiano incessanti i petardi e le mazze di mattoni lanciate alla cieca da ogni direzione, creando un caos: Le persone iniziano a spintonarsi l'un l'altra e a correre verso luoghi più sicuri. L'interno e l'area circostante l'ufficio del Panchayat sono ricoperti di fumo. I fumatori salutano la strada vicina. In preda al panico, le porte della scuola maschile e femminile vengono chiuse a chiave.

In questo momento critico interviene la polizia. Ma la loro presenza crea un altro problema. I superiori ordinano lo scoppio di lacrimogeni per disperdere il pubblico e, nel giro di pochi istanti, l'intera area viene ricoperta da una cappa di fumo nero simile alla fuliggine che non permette a nessuno di muoversi o correre.

Draupadi, uscita di corsa dalla scuola, cerca disperatamente di trovare un capanno più sicuro per ripararsi, ma, una volta fuori, il pennacchio di fumo la rende cieca.

Lei sta lì, come un coniglio svenevole, davanti a un'aquila che scende veloce.

Un minuto dopo, la situazione peggiora ulteriormente.

Una molotov proveniente da una direzione sconosciuta raggiunge la terra di fronte al capannone e scoppia, con un suono che stordisce le orecchie.

Draupadi sviene. Non sa cosa sia successo dopo.

Quando apre gli occhi, si scopre sdraiata nel letto del vicino centro di salute primaria. Con gli occhi gonfi e pallidi, scopre l'altro volto ansioso: quello di Nirban. Cerca di alzarsi, con gli occhi ormai scuri di preoccupazione.

Gli occhi di Nirban sono morbidi come il burro. "Stai bene?"

Draupadi cerca di alzare la testa.

"No, no. Non c'è bisogno di alzarsi. Riposati".

"Sì, signore, ora sto bene".

"Ti senti meglio?"

"Sì". Il suo volto è aperto e gentile. Il calore dello sguardo di Nirban sembra penetrare nel suo cuore.

Gli occhi di Nirban brillano di soddisfazione.

"Riesci a camminare sulle tue gambe? Nessuna frattura?".

"Solo un livido qua e là. Potrò tornare a casa a piedi".

"Potrebbe essere un'impresa folle. Vieni, sono con te".

"No, no. Io stesso posso tornare a casa a piedi. Non c'è da preoccuparsi".

"Precoce! Vieni con me. Ti accompagnerò a casa".

Con il permesso della sorella curante, la prescrizione e le medicine, Draupadi cammina zoppicando. La cosa non sfugge a Nirban. Egli viene in suo aiuto, ma Draupadi si ritrae con un gesto di timidezza. Una corrente gelida sale e scende lungo la schiena. Le gambe si indeboliscono.

(Sorriso di Nirban).

"Signora, è inutile essere timidi quando si è malati".

Draupadi si sente comunque diffidente.

"Dai, tienimi le mani. Non fatevi impressionare. Non sono un orco o un demone".

Silenzio.

Silenzioso.

Poi il silenzio trova un'espressione più forte.

"Lei è il figlio minore dei Chakraborty?".

"Sì. Ci sono dubbi?".

"No. In realtà non ero sicuro di chi fossi".

"Ora potete stare tranquilli. Non sei la stessa ragazza che ha interpretato il ruolo di Chitrangada in Dance Drama di Rabindranath Tagore?".

Il volto di Draupadi si arrossò. Doveva essere un gatto che si nascondeva sotto il letto.

"Non essere debole come un gattino. La sua prestazione è stata estremamente buona. Pensavo che avresti superato qualsiasi artista professionista. Sei una studentessa delle Ragazze?".

"Sì, all'undicesimo livello".

"Non ha l'ambizione di fare la sua figura nella vita?".

"Certo che l'ho fatto. Ma appartengo a una famiglia molto povera. È un compito erculeo sollevarsi dalle macerie della povertà".

"Parli in modo intelligente e attraente. Rimanere in contatto. Se posso essere d'aiuto per i tuoi studi futuri".

"Sono così grato".

"Niente del genere. È solo accendere il fuoco con il mio respiro. Oh! Sei gravemente ferito. Zoppica ancora. Non esiti a posare le mani sulle mie spalle. Un gentiluomo, non uno zoticone!

"Signore, se qualcuno mi vede con lei, in questa posizione, le voci si spargeranno sulle ali".

"Cercate di non pensare a tutti questi sporchi scherzi. Guardare dritto, agire dritto, dire la verità e tenere la testa alta".

Draupadi fece un sorriso di approvazione. Ma lei ha risposto prontamente.

"Signore, questo è vero per un maschio, ma potrebbe essere un rimprovero lungo un'età per una ragazza o una femmina. Noi femmine viviamo in buchi, con le labbra chiuse, il cuore ferito e i sentimenti sepolti".

"Aha! Sei davvero un gioiello. Incanta sempre con la sua parola d'oro e abbaglia con la sua bellezza".

"Vi ringrazio, signore, per i vostri gentili complimenti. Signore, qui, a sinistra, c'è la mia piccola capanna. Ti inviterò, un giorno, a fare una visita". Draupadi era raggiante con un sorriso divino.

Nirban non ha potuto fare a meno di proporre una citazione di un autore:

"Il tuo sorriso è il sole e il canto degli uccelli. È il silenzio dei galli, è sia la gabbia che la porta sempre aperta". (Angela Abraham)

Gli occhi di Draupadi brillarono di felicità e buonumore.

Nirban le ha lasciato un sorriso contagioso.

Draupadi era lì, casta come Minerva.

Ma.

Un "ma" si insinuò nella sua anima.

Non appena Nirban si è dissolto in lontananza, la sua ombra è rimasta con lei, che è stata praticamente ammaliata dal suo atteggiamento elegante e attraente. Tornata a casa, la madre si precipita fuori e piange ad alta voce. Tentò di accarezzarla, come se si fosse salvata venendo sballottata dal flusso di incidenti violenti.

"Stai bene, figlia mia?". Tremava di paura.

"Sì mamma, sono tornato sano e salvo per grazia di Dio. Ma questa volta un dio umano. Mi è venuto incontro, mi ha fatto ricoverare in ospedale, mi ha accompagnato a casa ed è sparito in un batter d'occhio".

"Chi è, ragazza mia?".

"È Nirban, il figlio minore dei Chakrabortys, intelligente, giovane e molto istruito".

"Hihoh! È il ragazzo più ricercato del villaggio, gentile, di mentalità liberale, proprio all'opposto di suo padre, un bramano incallito. Come e quando è venuto a chiedere il vostro aiuto?".

"È un incidente, mamma". Ci ha raccontato i dettagli.

Mentre tornava a casa, Nirban è stato avvicinato da alcuni suoi amici e sostenitori. Ha anche incontrato dei parenti, che correvano allarmati per la sua sicurezza. "La situazione è ancora tesa, anche se all'esterno è sotto controllo. Grazie a Dio, non sei ferito", esclamarono. Nirban non ha risposto. È rimasto profondamente scioccato dalla raffica di accuse lanciate contro il suo stesso padre. Suo padre stava per essere maltrattato, ma l'intervento tempestivo di un gruppo di poliziotti lo ha salvato. È stata una fuga per un soffio. Ma questo fu un colpo terribile per l'onore e la posizione sociale della famiglia Chakraborty.

"Perché una tale raffica di accuse contro mio padre? È coinvolto nell'atto di appropriazione indebita di fondi pubblici?".

Pensieroso, agitato e angosciato, Nirban entrò in casa sua mentre sua madre usciva con un carico di domande. "Da dove vieni? Cosa sta succedendo lì? Dicono che una folla violenta abbia attaccato l'ufficio di suo padre. Tuo padre è al sicuro? Perché sei stato lì? Avresti potuto essere maltrattato, persino aggredito?".

Non vedeva l'ora di avere sue notizie.

Nirban era troppo avaro o infelice per parlare molto. Disse solo che suo padre era al sicuro e andò dritto in camera sua. La porta era chiusa. Il bussare della madre rimase inascoltato.

Esausto, aveva bisogno di dormire e presto si ritrovò profondamente sepolto in una siesta pomeridiana.

Durante il suo pisolino, è ora terrorizzato nel vedere l'ombra di una fata dalla pelle chiara e cresciuta, che lo attira verso un El do Rado. Questo, pensa, è un sogno innaturale che lo sta portando fuori dalla ragione, in un'astrazione. Sogna di essere stato trasportato in un mondo di fiori. C'è un giardino di pergolati ombrosi che trabocca del canto degli usignoli. Si sente nel giardino dello Spaniard's Inn, Hampstead, Londra... e... così, ascolta il suo maestro recitare". Mi fa male il cuore, e un sonnolento torpore mi affligge i sensi, come se avessi bevuto della cicuta, o avessi svuotato qualche sordo oppiaceo negli scarichi, un minuto dopo...". E la cicuta, in persona, ... chi è l'ombra? ... una ragazza bianca come il latte, con il viso arrossato, l'aspetto idilliaco ... che cammina in una spiaggia incontaminata ... il suo corpo architettonico, i seni opulenti ... Egli chiama - DRAUPADiiii!

Il fatto che Draupadi abbia fatto scalpore è arrivato alle orecchie di Tribhuban, chiamato popolarmente o sarcasticamente "l'uomo della signora".

Tribhuban posa per essere un gallo della passeggiata. Il vagabondo (la gente dice "bastardo") figlio di un grande padre, con una risiera e due fornaci. Lasciò gli studi (il padre disse: "Che profitto possono dare i tuoi studi? Vieni, siediti qui nel mulino come manager, occupati degli affari. Quanto tempo vivrò? Andando all'università non farete altro che sperperare il mio denaro duramente guadagnato. Non farete altro che correre dietro ai "chheuris" (ragazze adolescenti, alle soglie della giovinezza). E spende davvero migliaia di euro. Tribhuban, il ricco figlio di un ricco padre, vide Draupadi e fu subito 'fida' (pazzo di qualcuno).

Assume una nonna povera e ottuagenaria, Hiramoni; la paga una grossa somma e la invia come messaggera a Draupadi. Draupadi sta andando a scuola. Hiramoni la avvicina dal nulla.

Hiramoni gioielli	:	Ehi, la ragazza d'oro, un mucchio d'oro e di per voi!
Draupadi	:	Stare sparpagliati sulla strada? Devo contare quelli e due e riempire il mio zainetto?
Hiramoni scherzare!	:	Una ragazza birichina, sempre pronta a
Draupdi	:	Nonna, non sono alla ricerca di oro o diamanti.
Hiramoni	:	L'orgoglio precede la caduta.
Draupadi sono, lo sono. bocca.	:	Di quale schifezza dovrei essere orgoglioso? Lo Una povera ragazza. Mio padre vive di bocca in Mia madre fa i lavori più umili. Come venire?
Hiramoni	:	È per questo che sono venuto qui. Lui adornare d'oro voi e la vostra casa.
Draupadi morte.	:	L'avidità porta al peccato e il peccato porta alla
Hiramoni Bello	:	Due mulini per il riso e una fornace per mattoni. saldo in banca? Non vuoi sbirciare la tua bella naso?
Draupadi	:	Chi è, caro nanni! Yaksha?
Hiramoni	:	Cara, lo conosci bene. Lui è il grande, lui è Tribhuban, figlio di Maheswar - il famoso uomo d'affari.
Draupadi	:	Il famoso dissoluto che ha rovinato una grande la vita di molte ragazze.

Hiramoni possono	:	Alcune macchie di sporco sul panno non determinare il suo carattere. Vi darà un intero regno.
Draupadi	:	La mia piccola capanna è meglio di così.
Hiramoni	:	Scalciando via la dea Lakshmi (Dea della Ricchezza) con le tue povere gambe?
Draupadi	:	Offro il mio pranam alla dea da una distanza, ho paura di avvicinarmi a lei.
Hiramoni	:	Lei, la civetta che flirta, si è contenuta. Non usa la tua lingua sporca.
Draupadi	:	Tu! Mi chiami civetta? Andate e lavate i vostri bocca! Guardatevi allo specchio, aprite il vostro lingua-vedete, quanta sporcizia avete accumulati nella lingua. Se mio padre fosse stato qui, ti avrebbe fatto a pezzi la lingua. Andatevene! Tu, strega succhia-sangue, ti odio come qualsiasi cosa!
Hiramoni non come una fritta	:	Ragazza lasciva, tieni a mente che un solo sorso fare un'estate. Un giorno, il tuo corpo dorato sarà annerito come il carbone, le tue guance saranno brinjal... ti maledico...

(Un gruppo di persone che viene da questa parte, si incuriosisce e si ferma) "Heh! Cosa ti fa sbirciare il tuo brutto naso? Si tratta di un rapporto tra la nonna e la nipote. Via libera!"), esclamò Hiramoni.

(Gli astanti si disperdono)

Hiramoni si allontana barcollando. Draupadi scoppia in un fiume di lacrime. La rabbia la travolge come un incendio selvaggio.

Rabbia pura e semplice.

Il suo volto diventa rosso per l'indignazione.

Nirban.

Lasciato a se stesso.

Perché sono così turbato?

Vagando ai margini del suo desiderio, disse: "Desiderio, devo chiamarti amore?".

Mi sono innervosito.

Mi sento eccitato.

E, un attimo dopo, si è irritato.

Cerca di essere composto, ma fallisce miseramente.

Un mare immenso e senza limiti si sta spingendo verso di lui. Il mare è invitante, terribilmente affascinante, attraente come la morte...

E, sulla cima delle sue onde bluastre arricciate, Nirban osserva, con meraviglia e uno stupore indescrivibile, una ragazza, dalla ricchezza architettonica e incantevole di un corpo, generoso come la natura, giocoso come una farfalla che succhia il blu delle onde... i suoi seni magnificamente pieni e conici... succulenti, cremosi...

Nirban si sveglia di soprassalto sul suo letto, indossa frettolosamente un vestito informe e si precipita fuori di casa. La madre lo insegue, ma lui si perde nella folla di alberi che portano a una foresta vicina. No, non è tranquillo nella foresta. Torna in una strada affollata

Notte. Draupadi cammina in bellezza come la notte!

Draupadi abbaglia la luna, i bordi del suo sari sono scintillanti di stelle, ma i bagliori invitano vermi e insetti, per farli sciamare e morire.

"Noh! Non voglio morire. Voglio vivere con la luce dell'anima di Draupadi. Voglio che viva con me, voglio che sia Radha. Senza di lei mi getterò nel fiume Yamuna", grida ad alta voce Nirban nel sonno.

Nirban ha preso in prestito alcuni versi di un poeta:

Io sarò re e tu mia regina/incollerai le stelle sui tuoi capelli/Oh mia regina, così cara... Oh mia regina...!

All'improvviso Nirban si sveglia. Ma si interroga su se stesso;

"Che cosa mi fa stare in panciolle?"

Dimentica di essere un manager del ventiduesimo secolo, un esperto di computer, un moderno affascinato dall'intelligenza artificiale. E, per la prima volta nella sua vita, diventa una Gopi addetta al bestiame, devota al Signore Krishna e profondamente innamorata di Lui. Gopi-Charmer Krishna, l'Amore incarnato. Gestisce una nonna del suo villaggio e la invia a Draupadi con una lettera segreta.

Sì, le parole a lungo dimenticate e intrise d'amore che cacciano i sonni delle fanciulle nei castelli storici! Questa è una lettera storica", dice ridendo. L'ottuagenaria signora combinatrice di matrimoni torna delusa.

Il volto di Draupadi si incenerì. Era così sconcertata che si rifiutò di accettare la lettera.

Nirban diventa un vagabondo errante. Il suo corpo è respinto, la sua mente incrinata, i suoi sentimenti inariditi come una pozza d'acqua del mese di giugno. Il suo cuore è incrinato come il fango solcato di una terra paludosa.

La madre, vedendolo, reagisce bruscamente.

"Oh, cosa è successo al mio caro figlio? Perché è così irrequieto? Perché è rude nei modi, incongruo nel parlare?

Chi è la Surpanakha, la ninfetta figlia di una strega che ha scagliato una freccia sul mio figlio ben educato e dal comportamento gentile?

Sua madre invia le sue spie e scopre chi è il Suparnakha.

Il padre di Nirban è un ricco commerciante. Anche il Pradhan del Panchayat. Ricco di una serie di piccole e grandi imprese legate alla vendita e all'approvvigionamento di risone e riso nei suoi depositi e alle celle frigorifere per le patate, mastica sempre foglie di paan, il rinfrescante per la bocca dopo i pasti. È un continuo gettare gli avanzi della sua bocca sulla strada. È anche ricco di terre fertili, che danno prodotti elevati. Per casta, un bramino, esibisce sempre una dimostrazione di supremazia sugli altri in una società, per metà rurale e per metà urbana.

Il padre di Nirban vede rosso.

È scettico: che i suoi rivali in affari o in politica non stiano ordendo una cospirazione? Qual è la causa dell'irritazione di Nirban, che si comporta in modo piuttosto sgarbato?

Mio figlio è l'oro degli ori!".

La volta successiva Nirban chiese un favore alla nonna.

"Vedi, nonna, non ho un piccione-messaggero da mandare, né un cavallo per percorrere il sentiero che porta a casa sua. Per favore, fai da intermediario, per l'amor di Dio!

"Ha rifiutato la tua offerta, perché sei uno studente brillante che sta facendo una carriera brillante. Non dovresti arrabbiarti con una povera ragazza. Il suo sogno era piccolo. Non ha mai avuto il desiderio di toccare la luna. Ha anche detto: "Io ho il mio piccolo mondo, non movimentato. Non voglio invitare una tempesta che possa distruggere il mio focolare e la mia casa...!".

"Basta, nonna, sono stato gravato da questo rifiuto. Per favore, per l'ultima volta, vai lì con un paan (modo tradizionale di inviare un invito al destinatario desiderato, aspettandosi una risposta favorevole per una futura relazione. Paan" è la "foglia di Paan" con una serie di rinfrescanti piccanti per la bocca)

Ma Draupadi rimase ferma, senza annuire.

Draupadi apparteneva a un piccolo nucleo familiare. La mappa della sua vita non era che un foglio rimpicciolito. Non aveva quelle ali potenti che le avrebbero permesso di raggiungere il cielo e di cadere a terra con le gambe intatte. Anche il suo cielo era limitato. Sotto quel cielo c'era la casa di paglia di suo padre. Il cortile era piccolo, l'ingresso della sua casa basso, non permetteva a un uomo alto di entrare liberamente.

Con quattro mucche, altrettante capre, un piccolo appezzamento di terreno ombreggiato da bambù adiacente al cortile, era entusiasta di mandare gli occhi in cima ai germogli di bambù frondosi, di vedere il martin pescatore cacciare i pesci da un rifugio sicuro sui rami ricurvi di un albero di Arjuna. Ma si ritrasse di fronte all'acqua slavata e inquinata di uno stagno stretto e scuro dietro casa sua. Aveva paura degli sciacalli selvatici. Eppure poteva vivere una vita incantata dalla sua cruda bellezza e dal suo splendore.

Non aveva una stanza che potesse definire sua. Un piccolo ghetto accogliente condiviso dal padre e dalla madre. L'eccitazione si fece sentire, ma dovette nascondere il cuore che batteva all'impazzata. A volte la si vedeva sorvegliare segretamente il suo corpo, che si sviluppava come le giovani piante di banano. Le sue sopracciglia a forma di mezzaluna si inclinarono in un terribile orgoglio nel momento in cui vide i suoi bellissimi seni rotondi completamente nudi, e la cornice del suo viso riflessa su un piccolo specchio. Nelle notti di luna, con la luna che si intrufolava timidamente nella sua casetta, diventava matta per non avere altro che qualcosa. Negli ultimi tempi, il volto di un ragazzo intelligente, eretto e ben muscoloso si intrometteva con la luna. Poi chiuse la piccola finestra. Il suo volto sembrava quello di una ragazza timida lasciata nei prati dai genitori. Improvvisamente si liberava della treccia dei suoi capelli neri come il carbone e trangugiava molta acqua. I capelli le ricadono sulle spalle accasciate.

Alla soglia delle diciotto primavere, Draupadi divenne un'icona del villaggio.

I veterani dicevano con gelosa frustrazione: "Vedi, la luna inonda le dieci direzioni alla volta! Sono sicuro che i giovani saranno spazzati via".

"Perché si cresce in fretta?", chiede il cronista dei suoi giorni non cronicizzati.

Perché c'è un lampo mentre si sorride? Non sai che il bagliore della tua bellezza non ha eguali nella famiglia di un povero barbiere?".

"Sì, sono maledettamente figlia di un barbiere. Il barbiere è un'odiata casta inferiore nella società: "Ehi Dio, perché mi hai fatto nascere in una famiglia di barbieri?".

Essendo nata come umana di bassa casta, deve essere sradicata, deve essere "posseduta" e "usata" dai malavitosi locali, anche quelli di mezza età e quelli di vecchia data, che attingono alla loro stessa lingua per spremere un succo illegittimo.

"Sarà nostra!" L'avidità fermenta nella mente del giovane. Draupadi era intelligente nel leggere ogni passo degli stranieri. Se, in un giorno particolare, è sola in casa e c'è un brusio, Draupadi immagina di essere circondata da una schiera di corvi inferociti pronti a beccarla a morte.

E il padre, con orgoglio, minaccia: "Se qualcuno si avvicina a lei, gli taglio la gola". Non può dimenticare l'odio secolare verso le caste inferiori. Lo disturba, lo umilia. Essendo frammentato dall'interno, a volte alcune parole sconce escono dal suo diaframma.

"Tu, il barbiere, il tradizionale tagliatore di capelli e unghie, lo schiavo delle caste più alte, porti 'handi' (contenitore di terra) di dolci e 'paan' per una proposta di matrimonio finalizzata, accompagni la festa di matrimonio al pandal e fai i lavoretti, prendi i doni d'addio dal padre della sposa, a mani giunte.

Ehi, tu, il barbiere, una detestabile nullità nella gerarchia sociale! Resta muto, resta prostrato".

Una rabbia che si auto-incrina lo uccide. Nel frattempo, il padre di Draupadi, assediato, va brandendo il suo rasoio: "Ecco un rasoio, chiunque le giri intorno, lo farà a pezzi". Sono orgoglioso di mia figlia. È una dea della luna. Avete una figlia così bella e dalla pelle chiara a casa vostra? No, lei stessa è leggera. Non si imbarcherà su una barca in un fiume buio. Naviga in un'acqua bianca come un bicchiere."

Il quarto incontro

Un gamchha (un lungo sudore di cotone) a scacchi colorati su un lato; appeso alla sua spalla, il menestrello mistico chiamato "baul" - con un "Ektara", il "Dotara", lo strumento a una corda, insieme al "Dugi tabla" o a un tamburo nelle mani magiche del suo assistente - ha attirato un corpo entusiasta di ascoltatori. Ascoltando con avida attenzione, muovendosi e danzando con le loro gambe esultanti sincronizzate con il battito dei palmi, gli ascoltatori sembrano coinvolti, anche da lontano. Ora stanno crescendo in numero, mentre la musica struggente e la presentazione audio drammatica li fanno scongelare con ammirazione.

È un pomeriggio piacevole, ma Nirban arriva lì con una tristezza rassegnata negli occhi. C'è una sensazione di torbida ottusità in cui vorrebbe piangere, ma non ci riesce. È venuto portando una fitta al cuore. Cerca dentro di sé, "perché"?

Si fa largo tra la folla e si sistema in un posto adatto. Con gli occhi curiosi e interrogativi, viene improvvisamente attratto in modo irresistibile dai versi di una lirica del Capo Cantore:

"Sob loke koy Lalan ki jaat Sangsare".

(Tutti chiedono: "Salve, qual è la casta di Lalan Sai?").

"Lalan bale jatir ki rup dekhlam na ci najare".

(Lalan dice che nessuno può dire che aspetto abbia un "jaat" o una "casta").

Keu mala keu tasbir gale

taito re jaat bhinno bale

jaoa kimba asar belay

jaater Chinha roy kare ||

Chhunnat dile hoy musalman

Narir tabe ki hoy bidhan

Baman chini poiter praman

Bamni chini ki prakare".

(Se si circoncide il bambino,

Diventa musulmano.

E per quanto riguarda le donne?

Riconoscere il 'Brahman', con il suo filo sacro

E i Brarhmani, mio caro amico?

Alcuni portano una "ghirlanda", un "tasbir" con l'altro, al collo

Con quale casta si è conosciuti, quando si nasce e quando si muore, Trek)?

Le gambe di Nirban sono appiccicose. Non può muoversi. Una folata di vento fresco gli entra nei polmoni. Inspira profondamente.

Il capo cantante ora punta le dita verso l'assistente. Il secondo prende spunto con una voce aperta e gutturale. Il significato è ampiamente chiaro agli ascoltatori:

"Il corpo è la gabbia e l'anima vi è intrappolata, aprite le porte del vostro corpo, trovate Dio".

"Khanchar bhitor achin pakhi kyamne ase jay?". Miei venerati ascoltatori, chi è questo "achin pakhi"? È l'anima incantata che vola dentro e fuori. Non lasciatelo mai andare, tenetelo attaccato al vostro corpo. Egli è il "moner manush", l'entità dopo il mio cuore. Guardatevi dentro. Liberate la vostra anima per accogliere il vostro "moner manush", adoratelo. Venerarla. Questo è l'Amore, questa è la devozione, questo è il "Sahajiya Ananda". Templi e moschee ostacolano il tuo cammino. La religione accettata incatena i piedi. Chierici e sacerdoti si affollano con rabbia e cantano "divisione", ma non importa, l'amore non conosce limiti. La sempre affamata d'amore Radhika si esercita a incontrare Gobinda. Il poeta implorava Padma: "Dehi pada Pallava Mudaram". Per questo amore il cielo desidera scendere sulla terra e Dio diventa uomo. Miei cari bhakt, legate il vostro prossimo con Amore: è il più grande legame sulla Terra. Ma?

Il cantante rimane in silenzio per un momento.

Cosa vediamo? Ovunque c'è un paradosso.

Forse qualcuno ha invertito gli atti di una commedia su questo 'Mahabishwa' (Grande Mondo, il Cosmo).

"La terra parla in paradosso

E i fiori divorano

i cuori dei frutti

E la vite gentile che ruggisce

strangola l'albero.

La Luna sorge nel giorno

E il sole di notte

con raggi splendenti

Il sangue è bianco

e su un lago di sangue

far galleggiare una coppia di cigni

copulare continuamente

In una giungla di lussuria e amore".

(Originale di Guruchand, traduzione di Rakesh Chandra)

Il cantante principale viene alla ribalta. Fratelli, sorelle e anziani rispettati.

L'amore regna sovrano!

Ma il nostro Guruchand canta sarcasticamente :

Come canta il muto

Come canta il muto

per i sordi

il senza mani suona il liuto

E lo storpio guida la danza

La cattura alla cieca

assorto nello spettacolo

Che strano mondo senza amore è questo!

Nirban si siede lì quando tutti gli spettatori se ne sono andati. Siede da solo e ricorda i versi di Houde Gosai:

> Sull'altra sponda
>
> Sull'altra sponda
>
> dell'oceano
>
> di se stessi
>
> freme una goccia di liquido
>
> come origine di tutto.

Ma chi è in grado di superare le onde e raggiungerlo?

La radice di tutto ha sede in voi. Esplorate la base per raggiungere l'Essenza.

Nirban mormora all'interno di chi può raggiungere l'essenza? Può davvero farlo? Come posso raccogliere la goccia di liquido, l'oro degli ori?

"Giovanotto, che cosa ti affligge?".

"Niente".

"Niente significa qualcosa. Ho notato che qualcosa sta nascendo in te. La gola si addensa. La sua voce si incrina. Qualcosa ti ha fatto male al cuore?".

"In realtà, ero profondamente coinvolto nelle tue canzoni. Avete creato una fusione perfetta di induismo, buddismo, vaishnavismo e islam sufi, ma siete nettamente diversi da loro".

"Ragazzo, hai imparato qualcosa su di noi".

"Non è forse un mix di pratiche tantriche yogiche del Buddismo Sahajia, Vaishnav Sahajiya e pensieri Sufi?".

"Quanti di voi, della generazione più giovane, leggono o fanno ricerche su questo tema? Ma, caro cercatore di conoscenza, non siamo gli ultimi Sahajiya del buddismo che sostenevano "Jaha ache Brahmande, taha ache Dehavande". Accettiamo 'deha' ma non l'inondazione di sessismo da parte dei Sahajiya buddisti".

"Capisco. Ma tutto non può essere controllato. Le barriere si romperanno...

Mostra uno stato d'animo pensoso. Il capo Baul chiede: "Temo che tu sia carico d'amore. Ma tu sei un'anima pura. Non si possono superare i limiti di un gentiluomo. Quando la vita, la mente e gli occhi sono d'accordo, l'obiettivo è a portata di mano. Si può vedere l'informe 'Brahma' a occhi nudi".

Lalan ci ha regalato una canzone: "Quando l'uomo e la donna che sono in me si uniscono nell'amore, lo splendore della bellezza, in equilibrio nel loto a due petali che è in me, abbaglia i miei occhi. I raggi superano la luna e i gioielli, che brillano nei cappucci dei serpenti. La mia pelle e le mie ossa sono diventate d'oro. Io sono il serbatoio dell'amore vivo nelle onde... Uaa beta, cerca le braccia dell'Amore; vai in viaggio per raccogliere quel fluido fremente, l'Essenza. Vai, prendile le mani...

Il viaggio di mezzanotte

Nirban è riuscito comunque ad avventurarsi fuori di casa all'ombra misteriosa di un albero gigante sotto la luna. E questa volta la ragazza è stata invogliata a farlo!

È il richiamo della notte selvaggia.

Per tre volte ha rifiutato. Ma il quarto tentativo di Nirban la fa soccombere al suo richiamo. Il linguaggio del corpo di Nirban indicava determinazione.

Nirban arrivò da solo, ora ruzzolando, ora riposando tra i mattoni sconnessi del marciapiede costruito dal panchayat, poi sfidando una strada desolata e inquietante, invasa da erbe troppo cresciute.

"Oh mio Dio! Un brillante studente di management, all'ultimo anno, in attesa di un collocamento nel campus da migliaia di rupie all'anno, sta percorrendo una strada che non porta da nessuna parte? Oppure, da qualche parte?". Nirban se lo chiede da solo.

Lì stava Draupadi, come un gufo rintanato di notte.

La sposa "aveva acconsentito, ma il galante è arrivato in ritardo!".

La notte era immobile, solo la civetta, l'airone e i grilli delle siepi rompevano il silenzio.

"Allora, siete venuti?". Nirban lancia la sua domanda a un'ombra.

"Sono venuto a dirti una cosa seria".

"Il momento non corrisponde alla vostra 'serietà'".

"Non si accorda nemmeno con la tua allegria da sogno".

"Intelligente!"

"Non come te. Sono una povera ragazza, che vive nella paglia di un padre povero, che sogna solo la luce dell'istruzione per accendere le candele in una casetta non descritta".

"Geniale".

"Avete mai osservato un'ombra profonda sotto un cavalcavia dell'autostrada?".

"Sei la ragazza più vivace, non c'è ombra. Sia come sia, farò in modo che l'ombra si trasformi in una Venere che scuote il mondo".

"Non sono intelligente come te".

"Tu sei Chitrangada, con bellezza, coraggio, braccia e intelletto".

"Mi creda, non ho coraggio. Sono un tipo timido".

"Ok! Ok!"

"Il tempo scorre veloce. Sono venuto trascinando nuvole di ostacoli. Ti prego, dimmi: perché mi hai chiamato?".

"Dimmi prima di tutto, perché hai risposto alla mia chiamata?".

"Non ne sono sicuro. Qualcuno mi ha portato via da casa".

"Quel "qualcuno" ti fa una domanda diretta: vuoi sposarmi, non ora, non in questo momento, ma qualche anno dopo?".

"Non voglio vivere di false speranze".

"Falso? Avete chiesto al vostro 'voi' interiore, che siete attratti da false speranze?".

"Potrei aver ingannato il 'me' interiore".

"No! Il tuo 'tu' interiore ti ha virtualmente ispirato a uscire".

"Non sono venuto qui per morire da disgraziato su un sentiero inesplorato. Come è possibile? Io sono la figlia di un barbiere, un miserabile di casta inferiore, ma tu sei il figlio di un influente bramino, la casta e la classe più alta della nostra gerarchia sociale!".

"Più intelligente di quello che si professa!".

Draupadi emette un basso gemito.

"Non sai che non è possibile?".

"Lo renderò 'possibile'".

"Un'infatuazione di 23 o 24 anni diventa sempre più grande e finirà in un fiasco".

"Sbagliato. Una determinazione di 24 anni, e non finirà mai".

"Tu, da una parte, e il mondo intero dall'altra. Perché mi stai intorno? Tu, come galante, sei la ricchezza dei 'sette re' di genitori ricchi figlie intelligenti, belle ed eleganti ti piomberanno addosso!".

"Sì, certo! Mentre scendono in picchiata, come avvoltoi!".

"Non potete immaginare quanto sia pericolosa e rischiosa la relazione tra un ragazzo Brarhman e una ragazza Barber!".

"Non credo nel casteismo. Credo nell'umanità".

"Quando la tua temporanea follia ti abbandonerà, di sicuro mi lascerai nei guai".

"Mai. Mai".

"I tuoi genitori mi cacceranno".

"Fuggirò con te".

"Ehi, i tuoi genitori ti diseredano".

"Non mi interessa. Non valgo un centesimo, valgo sterline. Posso anche costruire una casa nelle paludi".

La voce di Draupadi era ovattata. La palude non ha acqua. Rimane senza parole, calma e indifferente, abbandonata su una strada in un inverno gelido. Nirban riusciva a leggere il suo volto anche nell'oscurità. Tuttavia, Draupadi, spaventata dalle conseguenze, rimase come un bosco, privo di alberi. Un attimo dopo, scoppiò in un pianto impotente.

I suoi occhi erano colmi di acque scure, ha ipotizzato Nirban. Nirban le afferrò improvvisamente le mani. "Perché piangi? Sono qui, la tua anima gemella. Non sono un dissoluto o uno svilito".

"Vedi, ho un'autostima che non può essere danneggiata. Sono una ragazza che sta per diventare donna. Sei un ragazzo. Domani, quando la tua ebbrezza se ne andrà, tu starai a distanza come un prospettore di alta casta e io sarò la figlia di un povero barbiere, sepolta nell'umiliazione".

"Salterò anche in questa piscina buia, posso commettere il più grande dei peccati, posso andare all'inferno, nuotare attraverso un mare turbolento, sfidare le tempeste per te e solo per te", la bocca di Nirban si strinse per la rabbia.

"Vi chiedo, a mani giunte, di non essere così crudeli da pronunciare queste parole infauste. Perché moriresti per una ragazza insignificante come me? Sono un rifiuto gettabile nella vostra società".

"Dichiaro che per me sei la gemma più conservabile nel profondo del mio cuore".

"Non credo nelle vostre odi. I maschi sono i bugiardi più infidi. Spesso promettono e poi spariscono".

"Avete bisogno di una prova se sono fedele al mio amore? Ok, guardatemi con i vostri occhi spalancati - vedete attraverso il canale oscuro della vita - qui, mi arrampico in alto fino alla cima di questo albero secolare, salto giù dal suo ramo più alto - se muoio, riponete il mio corpo sul suo ramo e pronunciate una shloka di Radha...".

(Si arrampica senza curarsi delle conseguenze)

"Ehi, per favore, ascolta, il tronco dell'albero è scivoloso, non è sicuro che tu metta i piedi. Ascoltate, per favore. Ti romperai le gambe, sarai picchiato dai serpenti".

"Allora, che te ne pare?".

"I vostri genitori saranno senza figli e aspetteranno la morte".

"Sono adulta, non mi nascondo sotto il bordo del sari di mia madre".

"Scendete per favore, scendete - chi, se non gli sciocchi, si arrampica su un albero di notte?".

"Addolorato, per la mia morte prematura?" ah ah!".

il coccodrillo versa lacrime! Sono lacrime vere, credetemi,

la pietra si è finalmente sciolta".

"Oh, cosa devo fare con te? Sei solo una pietra non levigata, niente di più e niente di meno".

"Paragone ingiusto. Sembra che tu sia lo sguardo insensibile di un usuraio nel mese di Bhadra (mese di agosto)".

"Non sopporto queste calunnie, per favore!".

"Sei la lama tagliente di un macellaio".

"Oh! Vorrei essere morto!".

"Perché dovresti? Tu, l'apsara (bella fanciulla scelta dagli dei) degli dei, la mia morte non ti costerà molto".

"Noh! Non ho mai voluto che tu morissi".

"Promettimi che mi amerai, mi amerai, mi amerai?".

"È qualcosa che è stato scaricato in un negozio di vendita? Non puoi condividere la sofferenza in cui mi trovo? Leggere i miei occhi anche nell'oscurità. Lo farai?"

"Ohhh! Sono un pazzo".

"Per favore, scendete, per favore!".

Nirban è a terra in un batter d'occhio.

Seguono alcuni sibili crudi.

Nirban si avvicina. Il cuore di Draupadi batte forte.

Nirban, l'adolescente Arjuna la vede sconfinata come un mare. Insondabile.

Nirban ascolta il suo respiro. Ma dove si trova?

Allunga le mani per toccarla. Diventa un pipistrello cieco. Draupadi è buia come la notte. Nirban si immerge nel profondo della notte e finalmente la sente: si sta sciogliendo come un terreno soffice.

Le dita di Nirban le tracciano le labbra. Le sue labbra sembrano congelate nel silenzio. Forse è un orrore insensibile. Lui pianta un bacio profondo nel suo. La ragazza, spaventata, non sa come ricambiare il bacio. Gli prende la testa sul petto, gli cinge il viso con le mani in attesa e, per una fame a lungo repressa, gli morde le labbra.

Nirban si irrigidisce, i suoi organi sono rigidi e irrigiditi da un desiderio sconosciuto. Inonda le labbra di Draupadi di baci selvaggi. I capezzoli intatti di Draupadi si irrigidiscono. Il suo cuore inizia a battere all'impazzata, il cuore le rimbomba sulla nuca.

Il cielo sembra timido. La luna nasconde il suo volto. Il vento sbadiglia con i sibili incoscienti del desiderio. Un gufo sporge la testa dalla sua tana, ma si ritira con una paura mai provata prima.

Quella notte gli alberi intorno furono cupi spettatori. Le stelle scintillarono ma svanirono nelle loro dimore eteree.

Draupadi, il giorno dopo, scopre i graffi sulla spalla bruno-granata, la sua ricchezza segreta, l'orgoglio di due seni rotondi, depredati... esclama segretamente: "Che bruto depredatore!".

"Leaked" ha ricevuto la notizia
Chi potrebbe rifiutare?
Il segreto era nell'aria
No, non è giusto!".

Accorsi in preda alla rabbia, il vecchio
"Un brahman, a un barbiere, venduto!".
I prudenti si sono riuniti
I galanti si sono riuniti.
Gli abitanti del villaggio hanno raggiunto la loro azienda
Gli schermidori seduti potevano facilmente plasmare
Tenere Nirban e metterlo in catene
La cricca di Draupadi sarà vana!

Nel giro di una settimana, gli eventi si sono aggravati. Dal peggio al peggio. La cosa aggravò la rabbia dei brahmani* Una folla irata scese improvvisamente in campo E si sono polarizzati rapidamente. La maggior parte delle "caste inferiori" si schierò con il padre di Draupadi, Kishorimohan. I cosiddetti 'Kshatriya'* Karan-Kayastha e Raju per ^{casta*} erano con i Brahmani. I Mahishya, i Tilis, i Namashudra e altre caste assunsero una posizione intermedia. Essi provavano empatia nei confronti di Kishorimohan, un barbiere gentiluomo che li aveva serviti a lungo. Da tempo immemorabile avevano ricevuto la fede acritica dei buoni vicini nella gerarchia sociale. Il pilastro dell'architettura sociale era intatto. La località era stata investita da enormi cambiamenti sociali, ma l'edificio di Brahman-kshatriya, vaishya-shudra al vertice e le caste inferiori, compresi gli intoccabili come *gli haddi* (hari) *Kodma Doluis* all'estremo inferiore, rimase lo stesso. Ora questa svolta indesiderata viene considerata come una grossa pietra scagliata sul nido del calabrone. Il villaggio e le località adiacenti sono ora in profondo subbuglio.

Nel giro di pochi giorni, Draupadi viene considerata un pomo della discordia.

Suo padre sentì un odore strano.

La sua cara figlia era diventata lunatica, pensierosa. A volte guardava il nulla e piangeva da sola.

Ma un giorno è deciso a chiederglielo.

"Cosa ti affligge, cara figlia?".

"Niente, papà".

"Maa re (mia cara figlia) sei tenera come le lacrime!".

"Non preoccuparti papà". Ha cercato di evitare papà.

Ma sua madre non ha lasciato nulla di intentato per vedere... un germoglio velenoso: c'è qualcosa che nasconde?

Nel frattempo, il barbiere e la casta inferiore progettano di rapire Nirban. Le spie lo portarono ai Brahmani. Questo ha creato un profondo abisso nel legame secolare tra gli abitanti del villaggio.

Nirban e Draupadi sono ora agli arresti domiciliari. La combinazione Brahman-Kshatriya vede rosso.

"Che audacia? Cosa pensa un barbiere di se stesso! Lo cacceremo dal villaggio".

Diventano proattivi.

Per i Chakraborty, i genitori e i parenti di Nirban, la notizia è risuonata come un fulmine a ciel sereno. Furono colti da una vampata di rabbia incontrollabile. La notizia si è diffusa come un incendio. Questo ha provocato una brusca scossa nell'identità del Brahman. Reagirono violentemente, come se una pallottola di panico si conficcasse nelle loro gole, tanto a lungo avevano goduto del "mantra-supremazia" nell'adorare Dio e le divinità sorte intorno a loro. La "sacra identità" dei brahmana - alcuni di loro sostenevano di discendere direttamente da un grande saggio o "rishi" - è stata profanata!

Si sentivano disperati.

E Draupadi?

Provò un brivido di panico. La paura le agghiacciò il cuore. Il suo volto divenne drammaticamente colpito. Si è sentita disprezzare dai vicini di casa.

Il padre di Draupadi aveva paura, qualcosa era andato storto. Ora le grida contro. Lancia un'occhiata dubbiosa.

"Dimmi, chi è".

Dopo una lunga e dolorosa persuasione, la donna si dichiara: Non è altro che Nirban, il "chhotobabu" (figlio minore) dei Chakrabortys.

"Oh Dio, il cielo mi sta cadendo addosso! Che diavolo hai scatenato! Un giovane così curato della rispettata famiglia Chakraborty! Ti faccio a pezzi. Seppellirà quel ragazzo sotto il fango. Che ne è stato di lui? Perché ci ha fatto vergognare?".

Nirban era nei paraggi. È venuto dal suo nascondiglio, uno scapolo orgoglioso e un corteggiatore determinato.

Kishorimohan, padre di Draupadi, brandì il suo rasoio.

"Hai visto questo? Non ti risparmierò nemmeno se sei figlio di una famiglia ricca".

Nirban si comportò in modo freddo. Mi ha detto: "Non preoccuparti. La sposerò a breve".

"E i tuoi studi?"

"Me la caverò. Abbiate fiducia in me".

"Ok, ho fiducia in voi, ma che dire della società qui?". Controllò un profondo sospiro.

"Mi farò carico di loro. Lasciate fare a me".

"Un corno verde come te? Conoscere le ripercussioni sulla società?".

"Ho detto che prendo io".

"Vi boicotteranno".

"Lasciateli fare. Non me ne importa un fico secco di loro!".

"Più facile a dirsi che a farsi. I tuoi genitori ti disereranno".

"Non ho paura. L'enorme proprietà è registrata a mio nome. Mi registrerò di nuovo a suo nome".

"Per favore, smettila, tu che parli tanto. Tutte le tue vanterie sono frutto di un'infatuazione. Oggi siete entusiasti, domani mi mostrerete un volto offuscato dalla disapprovazione e dalla delusione. La lascerete con un sorriso triste e sicuramente sarà lasciata morire. Vedete, le lacrime le hanno pungolato gli occhi!".

"OK. Trasferirò l'intero saldo del mio conto sul suo".

"Il denaro può essere scambiato con l'onore? Ferite da diffamazione?".

"Giuro che la porterò a casa, con i dovuti onori".

"Allora? I tuoi parenti e la gente del Panchayat del villaggio si precipiteranno qui e cacceranno via la mia povera ragazza?".

"Credetemi, non glielo permetterò".

"L'esperienza mi ha reso saggio. Ho visto molti matrimoni infelici. Chi ascolta il grido della ragazza nel deserto? Oggi prometti e domani l'olio e l'acqua si gelificano".

"Abbiate fede e vedrete cosa farò".

"Leaked" ha ricevuto la notizia

Chi potrebbe rifiutare?

Il segreto ha preso il volo:

No, non è giusto!

Accorreva il vecchio furioso

"Un brahmano, a un barbiere, venduto?".

I prudenti si sono riuniti

I galoppini si spostarono per riunirsi

Tieni Nirban in catene,

La cricca di Draupadi sarà vana!".

Sia a Draupadi che a Nirban fu ordinato di rimanere agli arresti domiciliari, senza potersi muovere.

Nirban era adamanat. "Non ho commesso alcun peccato. La sposerò, per essere sicuro!".

Il padre di Draupadi, Kishorimohan, chiese la registrazione del matrimonio sotto la sorveglianza del tribunale.

Il padre di Nirban, Krishnakishor, rifiutò la proposta.

"Eh! È un matrimonio a tutti gli effetti?".

Ma l'intero villaggio e le persone nel raggio di dieci chilometri inveirono con rabbia e umiliazione. I barbieri della località adiacente si sono rifiutati di partecipare a qualsiasi cerimonia sociale come la nascita, il matrimonio e la morte". Chiediamo che ci sia giustizia".

Kishorimohan, con l'aiuto della sua comunità, riuscì a far registrare il matrimonio durante la notte, poiché Draupadi aveva raggiunto l'età del matrimonio secondo la legge indiana sui matrimoni indù. Il padre di Nirban ha fatto causa contro questo "atto illegale" e ha chiesto al tribunale di dichiarare il matrimonio nullo. Riuscì a produrre un certificato di nascita di Draupadi. Il certificato, con grande sorpresa di tutti, mostrava che Draupadi non aveva raggiunto l'età del matrimonio. Aveva solo diciassette anni.

Ma tutti i barbieri, compreso un vecchio ottuagenario, erano testimoni confermati della sua nascita, poiché i rituali erano stati eseguiti da lui. L'ultimo chiodo alla speranza del padre di Nirban è stato posto quando il padre ha presentato in tribunale il certificato di nascita originale. Essendo un influente Panchayat Pradhan (amministratore capo del Panchayat del villaggio), il padre di Nirban si è adoperato per presentare una schiera di persone a suo sostegno, ma il robusto giudice ha respinto tutte le argomentazioni e i clamori. Ha dichiarato il verdetto a favore della legalità del matrimonio.

La notizia del verdetto rafforzò le rivendicazioni dei barbieri, ma fece infuriare i brahmani.

"A quale audace disavventura ha fatto ricorso un barbiere!". La comunità brahmana si è riunita sotto la tradizionale gerarchia sociale, con i brahman, in cima alla piramide, che hanno goduto di potere, sfarzo e gloria. I brahmani sono diventati violenti per questa "palese" violazione dell'ordine sociale e delle sue norme secolari.

Si dice che le caste più ricche abbiano organizzato riunioni segrete, mentre i poveri e gli oppressi, avendo una base di appoggio nella maggioranza delle caste più basse, sono diventati una barricata più forte per i brahmani.

Il padre di Nirban esplose: "Colui che avrebbe dovuto essere sotto i nostri piedi, ha osato danzare sopra la nostra testa! Che sia maledetto. Fermate questo fante. Impedirgli di compiere un atto così oltraggioso. Non c'è un guardiano-protettore della moralità della nostra comunità? Alzatevi! Questo è un Dharmayudh! (Guerra per la religione) Alzatevi e fate sparire questo evento peccaminoso. Vai, e fai portare via il barbiere per farlo cadere in piedi!".

La situazione stava sfuggendo al controllo. Gli anziani saggi sentivano che una conflagrazione stava per inghiottire la società. Hanno cercato di esercitare una certa moderazione: tenere. Abbiate pazienza.

"Che pazienza! Che pazienza è? Colui che era sotto i piedi, è venuto a pisciare sopra la nostra testa! Credi che tollereremo? No. Andremo alla fine del tunnel".

"Aspetta, non puoi farlo. Il tribunale vi coinvolgerà nel caso di violazione dei diritti umani. Quanti di voi sono pronti a correre alle porte del tribunale? Volete fare la spola e andare a bussare alle porte del tribunale per ottenere una confutazione? OK. Quanti di voi? Non è una propaganda politica, è un verdetto della magistratura. Sarà in grado di resistere all'accusa di violare il sistema giudiziario? Calma la rabbia. Pensiamo agli altri modi. Se la ragazza va in tribunale e si lamenta che state limitando i suoi diritti fondamentali, allora? Aggiungerà ulteriore sale alle ferite che vi state leccando".

Spie o informatori portarono la notizia di questo sviluppo alla comunità dei barbieri.

I barbieri ruggirono con orgoglio ferito

"Teniamo Nirban in piedi al carcere", disse uno di loro.

Ehi, sei pazzo? È nostro genero. Dobbiamo proteggerlo. È un gioiello da mille e una notte".

L'altro ha commentato con un sorriso sagace: "Ha ha! Questo significa che i barbieri sono aggiornati, vero?".

        Gli insetti sono arrivati a sciami
        I topi hanno scavato un buco
        Uccelli notturni, appollaiati
        Con le talpe che ficcano il naso nei libri paga
        I sensali si sono intrufolati:
        Ehi, lascia questo letto di peccato
        Solo i coraggiosi e i giusti meritano
        Sangue nelle vene e onore, riserva
        Il rispetto che si guadagna come uomo
        Dimenticare i giorni, un tempo, passati
        Ottenere denaro e una principessa, ma nessuna
        verrebbe a profanare il vostro alto clan.

Si scatenò una violenta agitazione tra gli abitanti del villaggio. Uomini dell'educazione e i puritani erano turbati: La pace sta per scomparire da questo villaggio.

Alcuni hanno fatto smorfie con il loro volto cupo.

Un po' di spatola. Alcuni si sono mossi, in apprensione per una grande calamità.

I cosiddetti moderni progressisti, che erano seduti nei recinti, si fecero avanti.

"I tempi sono cambiati. Lo ammettiamo. Ma non possiamo accettare che una barbiera sia la nuora di una famiglia brahmana di casta elevata".

Alcuni vecchietti smarriti cantavano all'opposto. Hanno iniziato a citare i valori umanitari espressi nelle opere del grande poeta premio Nobel Rabindranath Tagore. Alcuni sono andati a cogliere qualche fiore laico dai testi di Nazrul Islam, altri hanno trasmesso velocemente i grandi detti del saggio e riformatore sociale Swami Vivekananda.

Un ragazzo troppo entusiasta si è buttato nella mischia, hai letto cosa ha scritto Vivekananda?

"Voi, caste superiori, svanite nel blu".

Un uomo simile a un fachiro iniziò a cantare:

> Che massa si crea, amico
>
> In nome della casta e dell'odio
>
> Dimmi, con quale casta sei nato
>
> Dimmi con quale casta muori
>
> La morte che livella, con la sua vanga,
>
> Arriva e prende un'unica tonalità
>
> Eppure, si litiga con casta e casta
>
> Mi vergogno della tua sete di casta...

Nel frattempo, un "ma" si conficca (fatto di spirito di Lalan Fakir) nella gola del 'mantrajibi' (che vive di slokas o mantra).

Comunità Brahman :

> "Gli schiavi, che servono la comunità, non possono essere uguali a noi.
>
> Appartengono a una società lontana.
>
> Vivono separati, come una razza lontana
>
> Pur essendo vicini, appartengono a una terra abbandonata.
>
> Non possono essere presi come "Jalchal" (prendere l'acqua).
>
> dalle loro mani per bere è "impuro"; è una bestemmia).

Il padre di Nirban dichiara con fermezza: Non posso permettere che un 'Paria' (di origine inferiore) socialmente emarginato entri nella mia famiglia".

Ma Nirban invia un ultimatum: lascerò il villaggio con Draupadi. Resta con la tua casta. Dimentica tuo figlio. Proprio ora, sono in stazione".

Il padre arrabbiato si ammorbidisce, anche se con riluttanza, e permette al duo di entrare nella sua famiglia.

Un'enorme folla esce per assistere al loro ingresso.

I sussurri fluttuano nell'aria.

Ma non c'è nessuna accoglienza per loro.

Nessuno aspetta che Draupadi permetta al novello sposo di accedere con un "Pradip" di terra (un contenitore di terra con candele accese per salutare gli sposi) o con un "Kula", un vassoio di bambù per spigolare i cereali (una parte dei rituali).

Nessuna delle 'eyos' (donne che hanno i loro mariti vivi) suona 'ulu' (un suono fischiante nato dalle lingue in movimento delle donne, per salutare il nuovo arrivato). Come da tradizione, l'aspirante suocera deve sventolare un piatto di frutta e dolci intorno alla testa della sposa, ma non si fa trovare. Nessun colpo di conchiglia per il suo arrivo. I parenti stanno a distanza, preoccupati e curiosi. La coppia entra nella camera da letto con il silenzio, come se, della terra di cremazione.

Draupadi rimase senza parole.

Non c'era luce, se non una povera lanterna, il cui stoppino bruciava male sotto la copertura di un vetro non pulito.

Draupadi si sentiva sola in una notte buia, mentre un lampo vagante proveniente da un cielo alieno lampeggiava sul suo volto esausto, un volto... che poteva attirare folle da lontano. Un volto che era diventato "incantevole" tra i ragazzi che facevano stalking.

L'unica consolazione era Nirban.

Le sussurrò all'orecchio: "Stai tranquilla. Tutto andrà bene. Che la tensione attuale si plachi".

Non appena ebbero fatto questo discorso, la madre di Nirban iniziò a emettere fuoco:

"Tu, 'rakshasi' (un demone femminile, famigerato per aver ucciso molti e aver distrutto la pace della casa).

Lasciate che il sangue vi esca dalla bocca e sarete eliminati in un minuto! C'è qualcuno che può mettere questa sanguisuga sotto sale? C'è qualcuno che può eliminare questa formica nera? È meglio che le versi del veleno in bocca!".

Draupadi, esasperata, fissò Nirban nel vuoto.

Nirban rimase in piedi come una roccia.

"Maa, inala o ingoia il veleno che hai appena vomitato. Nessuno oserà farle del male", gridò Nirban esasperato.

Cercò quindi di consolare Draupadi. "Che la rabbia di mia madre si plachi. Dovete sapere che per lei è uno shock. So per certo che avete una mentalità forte. Sopportare queste crudeltà per alcuni giorni. So ancora una volta che potete superare la tempesta attuale. Cercate di sorridere di fronte a tutte queste critiche indesiderate che vi sono state rivolte. Penso che si calmerà. Questi giorni bui porteranno una luce divina nella nostra vita".

In questa situazione, le persone veramente progressiste si fecero avanti per aiutare Nirban e Draupadi. Uno di loro diede una leggera pacca sulle spalle di Nirban per esprimere solidarietà.

"Bravo! Ben fatto! Hai fatto ciò che un vero eroe avrebbe fatto: hai percorso un sentiero che nessuno di questi codardi ha osato percorrere".

Un ragazzo istruito, amico di Nirban, ha detto: "Viviamo in un'epoca di supercomputer e intelligenza artificiale. Il nostro Paese proclama con orgoglio che siamo entrati nell'era digitale. Come si può tollerare questa mentalità di "casta"? Si tratta di una forte contraddizione. Stiamo tornando nell'antica India?".

Un insegnante anziano, conosciuto dai Chakraborty, ha aggiunto i suoi commenti: I nostri ordini sociali stanno cambiando. Le cosiddette classi socialmente arretrate stanno varcando le porte di college e università. Sono in aumento in gran numero. Fino a quando, in nome della religione e della gerarchia di classe, queste persone arretrate tollereranno l'oppressione della religione inflitta loro? Queste persone sono "inferiori" perché le abbiamo spinte nell'abisso. Forse ora si ribelleranno... un'insurrezione rivoluzionaria è in agguato... questa è la legge non scritta della storia".

I conservatori duri e puri fanno il verso ai neo-moderni: "Al diavolo la vostra storia! Noi, caste superiori, siamo forse morti perché le caste inferiori danzano sulla nostra testa? Quindi, il nero non assumerà altre tonalità. Tagliare le radici, tagliare gli steli! Questo porrà fine allo sporco desiderio di invadere i diritti altrui".

I bramini hanno paura. Potrebbero fare la loro comparsa tardiva nel campo della religione praticata. "Queste scritture - la Gita del Bhagabat, il Ramayana e il Mahabharata, i diciotto Purana - sono forse inventate? Sono tratte direttamente dalla bocca del Signore dell'Universo. La divisione e le azioni dei Chaturvarana sono preordinate (quattro barna rappresentano quattro ordini socio-religiosi: i bramini, gli kshatriya, i vysya e gli shudra. Gli altri sono intoccabili, fuori dal tessuto sociale. Anche il "barbiere" è un emarginato, come si legge in milioni di shloka, distici di inni in sanscrito).

La situazione peggiora ulteriormente.

Anche gli Kshatriya (la seconda casta più alta) si dice che tengano riunioni clandestine per essere pronti a una ribellione armata da parte delle costellazioni di casta. Affilano le armi per gettarsi nella mischia, se necessario.

A questo si aggiunge una grave crisi, come se si trattasse di un foruncolo sull'elefantiasi. I brahmani dell'India del Sud scendono in campo. Dichiarano :

"Se Nirban non caccerà questa ragazza da casa sua, boicotteremo la sua famiglia. Non berremo acqua dalle loro mani".

E l'ultimo blocco di potere, il Panchayat del villaggio (l'amministrazione locale) non può rimanere cieco di fronte a questo.

I preparativi per una guerra clandestina sono in corso.

I giorni passano in preparativi frenetici, campagne sussurrate, anche con le armi affilate. Preparativi per cosa? Per una guerra tra il nesso Brahman-altre caste e le caste inferiori.

L'arbitro viene scelto tra i brahmani cospiratori. La loro torre d'avorio sta crollando.

In questo momento critico, il Panchayat del villaggio si trova di fronte a una crepa, un vuoto che si apre. Due parti spesso chiedono a gran voce di iniziare uno scontro.

I barbieri temono una sepoltura in diretta di Draupadi per mano dei brahmani, mentre i brahmani sospettano che Nirban venga nuovamente rapito dai barbieri.

Il Brahman Mahalla afferma: "Nirban è il nostro ragazzo, la nostra casta".

Il barbiere Mahalla dichiara: Nirban è nostro genero. È nostro".

I brahmani si recano in massa alla stazione di polizia e presentano una denuncia contro i barbieri, sostenendo che il loro figlio Nirban è in pericolo di vita.

I barbieri lanciano un "gherao" della stazione di polizia. "Vogliamo presentare una denuncia per il fatto che la vita di Draupadi è in pericolo. I brahmani stanno cospirando per ucciderla".

La povera Draupadi viene umiliata, sminuita e ridotta a baciare la polvere.

Draupadi piange: "Sono una ragazza indifesa, sono nata indifesa e morirò indifesa!".

Nirban risponde prontamente: "Chi lo dice? Sono qui, con voi! Non è vero?

Draupadi piange in silenzio. Non sei la mia guardia del corpo per ventiquattro ore.

"Qualcuno ti ha fatto del male?

"No! Sto sanguinando dall'interno".

"Lascerò la mia famiglia. Sistematevi in un altro".

"Per favore, no! Mi hanno già preso come un'evasore. Ho preso il loro figlio per magia".

Nirban ride di questa osservazione e dice: "Sì, sono stato perseguitato dalla tua magia".

"Mi ami, Nirban?".

"Domanda sciocca".

"Sono confuso".

Chiedete a questa luna che scruta dalla finestra aperta: "Mi ama?".

Draupadi si sente timida, coccola il suo Nibu, apre le porte del suo tempio.

Nirban: "Non avevo mai visto una schiena così ondulata come la tua. Un divisorio così bello, un seno così pieno, rotondo, fortemente costruito".

Le bacia i capezzoli; Draupadi rabbrividisce. Sembra che abbia avuto un milione di anni di sete. I suoi occhi brillano di rassegnazione. Il suo corpo si solleva dalla curva della sua vita sottile. Le cosce burrose e ordinate chiedono un bacio, un massaggio profondo e amorevole di una mano maschile ruvida. Le sue labbra si schiudono.

Nirban impazzisce di baci tempestosi. Le morde, le graffia i seni, le morde il collo splendidamente modellato.

All'improvviso uno sciacallo ulula fuori. Il gufo fischia. I serpenti sibilano. I rospi scoppiettano.

Draupadi si ritrae.

"Questo è un cattivo presagio, Nirban. Gli dei hanno rifiutato la nostra unione".

Nirban la consola, la accarezza, le mette il naso annusato alle spalle e le dice: "Non c'è nulla di minaccioso nel nostro amore". È pura come la benedizione degli dei".

Alcuni giorni dopo.

Draupadi, determinata, entra nella camera da letto del suocero.

Lei salta in piedi: "No, no. Fuori, fuori dalla stanza".

"Perché mamma, sono sporco, impuro, un rifiuto da buttare?".

"Intelligente la sua argomentazione, non è vero? Perché sei venuto qui, come ti permetti?".

"Mamma, ho passato le giornate senza lavorare. Non posso aiutarvi nei lavori domestici?".

"Tu? La figlia intoccabile di un barbiere?".

"Un barbiere è un essere umano ma. Dio non lo ha fatto diventare un barbiere. Il mio insegnante mi insegnò una shloka della Gita:

"*Chaturbarnyang maya shrishtang gunakarma bibhagasha:* |
Tasya Kartaramapi mang bidwyakartaramabyayam".

Il Signore del mondo Krishna ha detto: "Ho creato i quattro barna del mondo secondo le opere che sono state loro affidate. Sebbene io sia il loro creatore, penso di essere inattivo in ogni considerazione".

Gli occhi del suocero mostravano un'espressione di stupore.

Gridò: "Halo, venite tutti a vedere che non è una donna, è una daan (una strega) mandata dai mostri per distruggere la mia famiglia".

"Il sorriso di Draupadi è sparito. Nirban si avvicina ansioso e la abbraccia.

Nirban: Perché non sorridi?

Draupadi fece un sorriso sforzato.

Nirban : Heh! Apri la bocca. Aprire gli occhi. Bevete a fondo le bellezze del mondo".

Draupadi : I miei occhi sono itterici".

"Come? Mia madre ti ha rimproverato?".

"No! È la mia consuocera. La suocera è la seconda madre. Come può?"

Nirban capì.

"Da oggi in poi andrete in cucina. So che sei un'ottima cuoca. Non ho assaggiato il "Mutton do-pyaja" e il pollo fritto? Un giorno, forse, avete cucinato il bhetki paturi (una preparazione a base di pesce piatto bhetki tagliato a fette e imbevuto di senape e pasta di cocco).

La trascina in cucina e chiede alla madre: "Mamma, perché non le chiedi di cucinare? È un'ottima cuoca ma, ...

Sua madre rimase violentemente in silenzio.

"Pensi che profanerò la mia cucina? La cucina è un tempio. I cibi preparati sono serviti agli esseri umani, non agli animali. Una ragazza di cattivo sangue, una ragazza i cui genitori sono stati sotto i nostri piedi per secoli, entrerà nella cucina della nostra famiglia? Se lei cucina, nessuno toccherà il cibo, è chiaro?".

"Questa è la vostra unica casta-mania". Ok. Sottraetemi agli esseri umani della vostra famiglia. Non vivrò nella vostra sacra famiglia per renderla empia".

Trascinò Draupadi nella loro camera da letto, con una fretta disgustata. Quella notte Draupadi puntò gli occhi su una mezza luna lontana, la luna si avvicinò. La luna le chiese: "Perché sei pallida?". Nirban pone la stessa domanda.

"Ho dimenticato da tempo di avere un aspetto luminoso, mia cara". Draupadi dice con rimorso:

"Draupadi, sento la tua sofferenza, sento che stai bruciando dentro di te. Datemi solo una settimana, mi sto preparando per una riduzione del personale".

Draupadi ascolta con calma, ma non risponde.

Quindi hai smesso di parlare?

"Sono prosciugato, Nirban. Ho bisogno di un po' di tempo per riposare".

"Andate in camera vostra, dormite un po'. Stavo solo tornando da una passeggiata".

Quando torna, è tardo pomeriggio.

Si affretta verso la porta della cucina. H non ha ancora pranzato.

Mi dia subito il mio pranzo.

Stava accelerando il passo, ma vedendo qualcosa si fermò di colpo. Nel corridoio che porta alla cucina, dove al gatto bulli e al cane gaurab vengono dati piatti di cibo da mangiare, lì, accanto a loro, una misera Draupadi ha ricevuto del cibo su un piatto scolorito di Laopaola e la si vede muovere le dita in alcuni 'pantabhat' (riso tenuto in acqua per ore per farlo fermentare) e patatine fritte sparse.

Ha volato in un raggio d'azione.

"Ma-a-a?"

Sua madre è uscita. Perché si grida?

"Draupadi è un cane o un gatto?".

Draupadi cercò di fermarlo. Ma non è riuscito.

"Vi chiedo: è un essere umano?".

"Non creare un dramma. Ti sto solo offrendo il pranzo".

"Non sto chiedendo il mio pranzo. Sto chiedendo, chi ha dato questo piatto a Draupadi, cosa in realtà era destinato a Gaurab?".

"Forse la cameriera".

"Chiedeteglielo qui".

Il padre si affrettò ad affrontare Nirban. "Forte Pennino, forse l'ha fatto per sbaglio".

"Non è un errore, papà. La mamma lo ha fatto apposta per umiliarla".

Il padre di Nirban rispose bruscamente: "Lo sai che razza di umiliazione ci ha inflitto (Draupadi)?".

"Non ha fatto nulla del genere. Se accusate qualcuno, potete accusare me. Non lanciate nemmeno un grammo di accusa contro di lei. Io stesso sono andato alle porte di suo padre! Non mi stava inseguendo!".

"Eh! Un brahmano va dal barbiere e chiede l'elemosina?".

"Non c'è niente di male a implorare le mani di una sposa perfetta".

"Avete gettato un'offesa sul volto di quattordici generazioni, di una famiglia brahmana. Sei una vergogna per noi!".

"Mio caro padre, la rispetto. Ma non fare lo sciocco di un pandit, dell'oscuro Medioevo".

La madre di Nirban si unisce alla lite. "Come ti permetti? Un figlio brahmanico istruito, un brillante studente che sta facendo un master, è pazzo di una ragazza barbiere e sta lanciando frecciatine al suo stesso padre! Andate a fare una passeggiata nella mahalla e ascoltate come la gente ci prende in giro. Il nostro brahmanesimo è macchiato, da te, ragazzo mio!".

"Maa, potresti dirmi a quale clan di brahmani appartieni?".

"Nibu, non superare i tuoi limiti".

"Rispondimi, mio padre pandit, tu hai non meno di ottocento clan di brahmani. Di che clan sei? Rarhi? Varendra? Shakadwipi? Kanouji? Dakshini?" "Utkal?" "Kulin?" "Bhanga Kulin?" "Saraswata?" "Shrotriya?" E Agradani o Bhat, gli shudra tra i Brrahmana?".

"Smettila di fare questa sparatoria, figliolo. Siamo Brahmani Kulin, il più alto dell'Ordine più alto".

"Allora dove sono le tue nove qualità, quelle di un Kulin Brahman? Esecuzione di rituali regolari, modestia, conoscenza, elevazione sociale, pellegrinaggio, dedizione-meditazione e carità?".

Le persone intorno hanno iniziato a sbirciare nella famiglia Chakraborty. Sono interessati a questo delizioso scambio di fuochi. Nirban non si ferma. Si spinge all'estremo. Draupadi non riesce a farlo calmare.

"Come fai a definirti un Brahman? Il braminismo non potrà mai essere trasmesso alla progenie. I vostri antenati erano brahmani per qualità. Il braminismo non è ereditario, mio dotto padre. È stato raggiunto per qualità, non per nascita. Solo l'imperatore Lakshman Sen l'ha resa "ereditaria" perché ha affrontato una crisi sociale. In base a quale criterio sei diverso dagli altri?". Come pretendete di essere eletti, di essere di sangue puro, di discendere dai rishi?".

La rabbia si accese sul volto del padre.

Scoppiò in una rabbia fragorosa.

"Tu, drone ingrato, noi siamo brahmani, da sempre. Discendiamo da Rishi Bharadwaj. Eravamo stati presi in grande considerazione. Voi, i cosiddetti moderni emergenti, cercate di denigrare il lignaggio?".

"Caro papà, hai dimenticato quello che le tue scritture ci hanno lasciato: gli 'shloka' (inni a Dio)? Allora ascoltate,

"Padapracharoistanu barna keshoi

Sukhen dukheno cho, shonitena

Jwang masamedohsthirasoi samana

Skhatu: praveda hi Kathang bhabanti...".

Non per il colore, non per le argomentazioni e nemmeno per l'aspetto fisico, non per il grembo materno, per l'arte oratoria o l'intelletto, per la capacità di lavoro, per i sensi, per le aspettative di vita, per la forza, per la religione, per la ricchezza, per le malattie e le medicine, per le specialità legate alle caste, esiste qualsiasi disparità tra gli esseri umani".

Draupadi, che a lungo ha cercato invano di dissuaderlo da qualsiasi argomentazione contro il padre, ora sviene. E il litigio cessa, temporaneamente.

Nel frattempo, il padre di Draupadi, Kishorimohan Pramanick, si reca alla polizia locale per chiedere una denuncia.

Ha appreso dai testimoni oculari che il padre di Nirban, Krishnakishore Chakraborty, ha ingaggiato alcuni sconosciuti. I messaggeri si precipitano da lui: "Vai alla stazione di polizia!"

Con le mani giunte, il padre Kishorimohan in lacrime chiede all'ufficiale di farlo sedere su una sedia.

L'agente non risponde. È al telefono.

Kishorimohan Pramanick, con alcuni ragazzi della sua zona, è rimasto incustodito per diverso tempo. Perde la pazienza.

Signore, mi presti le orecchie?

L'ufficiale tiene il ricevitore sulla culla e urla: "Quale 'Rajkarya' (lavoro di natura regale) ti ha portato qui?".

"Signore, voglio presentare un'inchiesta. È urgente. Era occupato a rispondere al telefono, non ha risposto alla mia preghiera...?".

"Allora? Sai che era una telefonata importante di una famiglia rispettabile che chiedeva aiuto alla polizia? Dobbiamo uscire per un'indagine. Da dove vieni?"

Dal villaggio di Gourharipur.

"Quel punto problematico? Sempre un problema, sempre uno scontro, sempre una lotta tra mahalla, sempre un papa politico che appare sulla scena come messia? Allora, perché siamo qui?".

"Signore, la prego di ascoltare"

Rapidamente (prende il foglio contenente una domanda di FIR e lancia una rapida occhiata). Il suo volto cambia colore).

"Oh mio Dio, sei tu il colpevole?".

"Signore, sono venuto qui per depositare la mia FIR, quante volte devo ripetere?".

Il tono della sua voce sorprende l'agente. Si ricompone e chiede a Kishorimohan di sedersi sulla sedia. I suoi compagni lo guardano con cautela. "Siete venuti qui per fomentare problemi? Chi è il dada (bigboss) dietro di te?".

"Siamo venuti da soli. Non è stato istigato da nessuno (mostrando Kishori). È un barbiere povero, con una piccola proprietà terriera e un servizio sociale tradizionale nel villaggio", ha risposto un giovane che accompagnava Kishori.

L'ufficiale (a Kishori) "Sei il mio obiettivo! Il fatto che tu sia presente qui ha ridotto della metà il disturbo che mi sarei preso per un'indagine e una ricerca!".

"Quale obiettivo, signore? Non riesco a seguirla".

"Avete rapito l'unico figlio dei Chakrabortys e lo tenete agli arresti domiciliari?".

"Il contrario. Ha assoldato e istigato una banda di teppisti per porre fine alla vita di mia figlia".

"Pazienza! Chi è sua figlia? Che rapporto ha con i Chakraborty?".

Nirban Chakraborty, figlio di Brahmabandhu Chakraborty, è mio genero. Ha sposato mia figlia Draupadi.

"E questo è debitamente registrato in tribunale...". L'ufficiale aveva gli occhi stralunati. Si sono lamentati che avete attirato il loro figlio a corteggiare vostra figlia e poi lo avete costretto a sposarla?". Gli lanciò un'occhiata di avvertimento.

"Suo figlio è venuto a implorare le mani di mia figlia, e non è stata mia figlia a desiderarlo".

"Cosa? Il famoso figlio di Chakraborty, un uomo molto istruito, ha implorato le mani della figlia di un barbiere? Questa è una storia fantasiosa che avete inventato. La figlia di un barbiere con un Brahman Chakraborty? Conoscete il significato di Chakraborty, il re di tutti i brahmani circostanti. Io stesso sono un Chakraborty, di origine superiore. Devo fare una proposta di matrimonio con un barbiere? Sei in te?"

"Sono in possesso dei miei sensi. Mia figlia è stata portata a casa del suocero da nientemeno che suo marito. Lei è già lì. La sua vita è in pericolo. Potrebbero torturarla, persino cospirare per ucciderla".

"Fermati! Questa è tutta una vostra cospirazione. Siete avidi di avere un genero brahmano. Ehi, ascolta, c'è una differenza abissale tra un barbiere e un brahman. Non può durare a lungo. Chiedete a vostra figlia di firmare un documento di divorzio, se volete tirarla fuori da una situazione complicata. Non siamo preparati a spazzare via l'incendio che coinvolgerà non solo un villaggio, ma molti altri. Ci sarà una guerra comunitaria. Chi li contenderà? Non abbiamo forze sufficienti per sedare la ribellione".

"Signore, la prego, signore!"

"Non ho intenzione di far depositare la vostra FIR. Basta che si vada via".

Il povero padre e i suoi compagni si preparano ad andarsene quando un agente sussurra all'orecchio dell'ufficiale.

"Signore, ci deve essere un veterano dietro la loro richiesta. Forse invieranno il FIR, per posta raccomandata, al sovrintendente di polizia. Suggerisco di prendere il FIR, di depositarlo nel vostro libro, ma di lasciare in bianco il nome del presunto accusato. Sto coinvolgendo queste persone nel mio rapporto di simpatia. Nel frattempo, lo si conserva firmato da loro. Il nome di B.B. Chakraborty può essere cancellato usando una sostanza chimica che abbiamo".

"Esatto. Il serpente morirà ma il bastone, intatto!".

L'ufficiale fa depositare l'ABI.

Il poliziotto si affanna a parlare dell'ansia del povero padre. Dice loro: "State tranquilli, oggi questi matrimoni inter-casta stanno aumentando a dismisura". Il volto della legge è diventato più severo per le caste inferiori e gli emarginati sociali. All'inizio non potevano vivere nelle città o nei paesi, dovevano vivere fuori dalle città e dai villaggi. Ma ora appartengono alla società nei loro diritti di cittadinanza. Rilassatevi, tutto si risolverà. Siamo qui per te".

Alcuni giorni dopo, un nuovo dramma fu messo in scena sul travagliato palcoscenico del villaggio.

I dolori di Draupadi stavano per esaurirsi. Aveva cercato freneticamente di placare la suocera. Sebbene la suocera avesse un volto crudele da mostrare, Draupadi la sentì dire tra i parenti:

"Nessuno può cambiare ciò che gli dei hanno stabilito per noi. Ammetto che la ragazza è di bassa casta, ma allo stesso tempo confesso che nessuno può credere che provenga da una famiglia di barbieri. Può concorrere con le figlie delle famiglie bramine barnahindu. La luna potrebbe avere una macchia, ma lei no. Il viso, chiaro come quello dei Sahib (di origine europea), è di una bellezza autentica, incantevole; le mani sono dritte, con dita simili a quelle di un'ocra, e la vita è magra; le cosce sono come quelle della dea Lakshmi...".

La sua descrizione è stata interrotta. Chakraborty, ancora arrabbiato, arrivò con alcune facce sconosciute e stracciate ed entrò nella stanza dello studio. Le porte si sono chiuse.

Binodini, la madre, percepisce il pericolo.

Ha detto ai suoi ascoltatori: Fate i bagagli. Ne parliamo dopo.

La notte è fresca, in questa terra lontana. Draupadi si aggira come una fata. Emette profumo come un albero di fiori.

Ora ha un po' di tempo per tornare alla sua piccola casa di paglia. L'albero Arjuna (terminalia Arjuna), si abbassa per parlarle: "Draupadi, come stai?".

Accarezza il ramo e sussurra: "Sto bene. Non preoccuparti".

Una luna che fa capolino tra i rami di bambù, "la mia ragazza lunare, è più bella di prima, immagino".

Draupadi si tira indietro. Le sue guance diventano più lucide di prima.

"Il maritino ama come un oceano, immagino?".

Draupadi si sottrae ancora una volta. "È un ragazzo affettuoso".

Il cielo si insinua per chiedere: "Ehi, Draupadi, hai dimenticato i sogni che hai fatto, per un volo verso le stelle?

No, no. Dispiegherò le mie ali poco dopo".

"Sei sveglio?" Nirban le dà un leggero scossone.

"Sì, tu?"

(silenzio per un momento)

"Siamo di fronte a una tempesta, non è vero?".

"Andrà bene se sarai con me".

"A volte la situazione si aggrava a tal punto da sfidare l'abilità individuale per farla calmare. Lo so, stai sguazzando in un mare di dolore".

"Sei esausta, Nibu? Cercate di dormire bene. Si mette sopra Nirban, appoggia i suoi seni fertili sul suo petto e lo bacia sulla fronte. Nirban le mette le mani intorno alla vita, la arresta completamente e poi continua a baciarla lentamente, riversando il fuoco che ha, come se fosse a rate.

"Infastidito, per qualche mio comportamento?".

"Per niente".

"Faranno una guerra prolungata, Nibu. Non sono istruito come voi, ma posso capire che uno stigma culturale secolare non può essere cancellato così facilmente". Passa le dita su Nirban. Nirban sorride, nell'oscurità; vede... Draupadi svolazzare fuori in un'oscurità fioca, Draupadi scodinzola come una lucciola.

Un dramma diverso in una famiglia del villaggio di Harishchandrapur.

I Bhattacharya sono molto influenti nel villaggio. L'onore secolare, la vasta proprietà terriera e l'enorme ricchezza ottenuta con l'attività di produzione di fertilizzanti li hanno resi un blocco potente. Il figlio maggiore della famiglia Bhattacharya, Shambhunath, è professore di Storia in un college vicino.

Shambhunath si vede ora litigare furiosamente con la moglie Parbati, che è la figlia del padre di Nirban, Krishnakishore Chakraborty, il brahmano agitato. Il fatto che Nirban abbia commesso un crimine efferato, quello di sposare una barbiera, è evidentemente un ostacolo alla loro posizione gerarchica.

Il volto di Shambhunath mostra un'ardente esclamazione di ira e disprezzo. Sputa liberamente la sua rabbia. Sua moglie Parbati è stata costretta da lui a rimanere in piedi nel cortile, con la testa china. In giorni diversi da questo, la si vedeva indossare il suo copricapo, con la voce bassa come quella di un uccellino, fredda come un cetriolo. Non avrebbe mai mostrato il suo volto completo davanti agli anziani. Era una consuetudine, un segno di rispetto per gli anziani. Ma oggi il suo copricapo è caduto, lungo le spalle, il suo saree colorato si è ridotto qua e là, fino a diventare un ammasso di tessuto, un tempo ricco e lucido. Sta lì, la sua quasi crocifissione è in corso, gli occhi vuoti come lo spazio.

Ora è vergognosamente povera per l'atto immorale commesso dal fratello.

Getta lo sguardo sulla terra, come una lucernaia.

Shambhu, suo marito, cerca di morderla con le sue migliori battute.

"Siamo felici di sapere che abbiamo scoperto un nostro parente presso la famiglia di un barbiere".

Arriva la risposta di Parbati.

"Perché mi stai frustando per un atto di mio fratello?".

"Sì, tuo fratello ha portato gloria alla famiglia di mio suocero!".

"Quindi non vuoi incolpare tutti i membri della famiglia?".

"Radice, signora. Se la radice è marcia, che ne sarà della nostra relazione?".

Il suocero di Parbati appare con la sua lingua tagliente.

"La nostra bouma è nota per la sua freddezza, la sua cortesia e le sue maniere. Come mai ora difende a voce alta un atto oltraggioso? Non sa che la nostra è una famiglia che discende dal grande Rishi Atri?".

Shambhunath aggiunge prontamente: Papà, ora è stata promossa al rango di 'Barbiere-Chakraborty', una nuova casta di origine elevata".

La replica tagliente di Parboti: "Non è sorprendente che un professore che insegna storia sia così poco storico?".

"Come osi!"

"Mio caro marito, conosci te stesso. Una scarsa conoscenza di un professore genera una scarsa generazione di cercatori di conoscenza. Mi permetto di farlo perché ho sentito che ci dovrebbe essere un limite alla soppressione delle donne".

"Papà, guarda cos'è! Aveva dormito come un serpente in inverno. Tutti voi avevate lodato il suo essere così tenera, così docile e così rispettosa! Vedi il segno di rispetto!".

"Rispetto? Tu e la tua famiglia mi avete portato rispetto? Avevo avuto una saga di repressione sugli uomini. Non ho aperto bocca. Come tale sono stata una buona nuora. Sono stato incatenato dalle vostre abitudini. Il carico di cose da fare e da non fare mi ha praticamente reso insensibile. Non lasciate che il gatto esca dal sacco".

Il volto di Shambhu era ruvido come una pietra.

Ha gridato: "Fermatevi! Le donne dovrebbero avere una sola lingua. Una lingua è sufficiente per una donna. Lo capisci?"

"Caro professore, l'epoca delle "sutee" è finita. Non potete farmi tornare al Medioevo".

"Heh! Vuoi diventare un "Charbaka"?

"Vorrei volerlo".

"Tu, l'ateo che si nasconde nella mia famiglia?".

"Cosa c'è di male nell'essere atei? Anche questa è una fede. Penso che i Charbaka siano stati dei veri e propri rivoluzionari che hanno smascherato la vacuità dei cosiddetti brahmani".

"Il padre di Shambhu aveva un delicato sdegno, "avremmo dovuto individuare questo serpente velenoso".

"Shambhu, accecato dalla rabbia, emise un'esplosione. Sappiamo come estrarre il veleno dalle sue zanne".

Parbati, fredda e con un'incredibile ironia, chiese: "L'hai fatto quando tua sorella è fuggita con il suo fidanzato, uno appartenente a una 'casta inferiore'?". Sì, l'unico eroismo che avete dimostrato è stato quello di sopraffare il ragazzo, strappare vostra sorella dalle sue 'grinfie' e poi farla sposare con la forza a un ragazzo bramano. Ma si può dire che ora è felice? Caro Brahman, non puoi costringere una donna a essere una 'sutee' nella pira del marito. Non sputare, perché l'espettorato potrebbe scendere sulle tue spalle".

I suoceri erano infuriati, ma la loro reazione non è andata oltre il cortile e si è riversata in strada. Più le loro accuse aumentano, più c'è la possibilità che il coperchio della loro famiglia-scatola venga aperto.

Ma la rabbia di Shambhu lo rese un demone. Immediatamente afferrò le mani di Parbati, la trascinò fino all'ingresso e al cancello principale della loro casa, dove si era già radunata una folla curiosa e amante degli scandali, per spingerla in strada, ma dovette fermarsi. I suoi genitori sono intervenuti. Chiusero il cancello principale e Shambhu, rosso come il fuoco, la trascinò a casa per scaricarla sul suo letto. Parbati si salvò da una caduta e disse a bassa voce: "Una volta ho avuto un insegnante che mi ha colpito per il suo insegnamento e per la sua personalità affascinante. Rispettavo un insegnante che era brillante, di mentalità aperta, rispettavo un insegnante il cui brillante insegnamento rendeva gloriosamente vivo il passato dell'India; rispettavo un insegnante che parlava della gloria dell'assimilazione delle varie fedi religiose durante i secoli passati; iniziai ad amare un insegnante che esplodeva contro la pratica malvagia del 'sutee' e altre umiliazioni delle donne; amavo e sposavo il mio 'ideale' ma non sapevo che un giorno sarei stata cacciata da lui".

"OK! È bene che io sia fuori".

Mi vergogno, ho avuto un amore acritico. Mi vergogno di aver conservato il mio amore e il mio rispetto per un uomo sbagliato. Mi vergogno, ho condotto una vita di alcuni mesi con un uomo sbagliato".

Quindi volevi cacciarmi, non è vero? OK. Oggi me ne vado di mia iniziativa. Aprite il cancello e lasciatemi uscire. La folla si è dispersa. Non c'è da preoccuparsi".

"Sta per raggiungere il cancello a passo di marcia, mentre Shambhu è una roccia sulla sua strada.

"No, non puoi".

"Posso. È un mio diritto".

Il suocero si mette in mezzo.

"Qualunque cosa sia successa, è avvenuta su due piedi. Dovete tenere presente l'onore e la reputazione di questa famiglia. Torna indietro, vai nella tua stanza.

"Ho detto che ho perso tutte le illusioni. Non tornerò in una famiglia di ipocriti!". Rispose Parboti.

Shambhu le dà uno schiaffo sulla guancia.

Parbati, sconcertata per un momento, grida:

"Che tu sia maledetto! Un professore picchia la propria moglie! Ok, chiamo la gente del mio quartiere e lo comunico? Vi conferiranno l'onore?".

Shambhu urlò: "Vai e chiedi la loro compassione! Non avrai nessuno con te"-.

"Ma la Legge? La Corte? Da dove ti libererai?".

La suocera grida. Per favore, non trascinate questa questione familiare in tribunale, per favore tornate indietro1

Non posso tornare. I miei sogni sono stati infranti.

Shambhu la incalza ancora.

"Ok, una volta che si esce, si esce per sempre!".

"Sì, uscire non è un problema per lei signor professore, interrompere tutti i rapporti non è un problema per lei signor maschilista. L'amore, l'affetto e il rispetto non sono un problema per lei, signor Brahman: l'unico problema è la purezza della casta! Caro professore, anch'io sono un dottorando; ho studiato per sapere che questo sistema di caste, questa divisione dei 'Barna' ha diviso la nostra società. Non c'è verità, ma un fascio di bugie che state ereditando come verità - voi, i bramini! Purtroppo appartengo a questa casta! Dovrò espiare per questo. Ora, lasciatemi andare! In caso contrario, creerò un putiferio e dirò a tutti come mi avete torturato. Abbiamo leggi severe contro la tortura delle donne. Per favore, tu entra e lasciami uscire!".

Quando fu mattina e il tempo migliorò, il villaggio di Gourharipur vide un nuovo dharma.

Nirban stava ancora dormendo.

Draupadi era appena andata in bagno per fare un bagno.

All'improvviso, davanti alla Chakraborty House, si è verificato un esilarante scambio di parole, frammenti di divertimento e di svago, palleggi di mattoni e slogan.

Poi si sentì un forte botto alla porta d'ingresso. Inusuale di prima mattina.

Nirban si svegliò e aprì la porta.

La prima domanda che la folla ha posto è stata :

"Ehi Nirban, dov'è il tuo rasoio? (Significava una grave umiliazione per un bramino. Il rasoio è il simbolo della casta dei barbieri).

Nirban rispose scioccato. "Stai scherzando?"

Non appena ottenne la risposta, si scatenò un'altra domanda:

"Siamo otto persone in coda. Voglia di farsi la barba. Dov'è il tuo rasoio?".

Altri hanno quasi scatenato una rissa: Ci tagliamo i capelli. Dov'è il tuo rasoio?

All'improvviso, la folla si è divisa e ha lasciato spazio a due persone che trasportavano enormi contenitori pieni di rosgulla (un dolce preferito fatto di latte impastato e zucchero, il cui processo di produzione richiede un'arte intricata).

"Hallo. Nirban, devi portare questi due a casa di mia figlia ad Ahmedpur. Stanno organizzando una cerimonia di degustazione di cibo per mia figlia incinta. Sono molto ricchi, vi accontenteranno con buone mance. (Stavano colpendo sotto la cintura. È anche socialmente un servizio del barbiere alle caste più elevate)

Nirban rimase come un albero, senza commentare nulla.

È arrivata una signora. "Dov'è tua madre? Tutte le ragazze della mia famiglia aspettano di colorarsi i piedi e le dita con l'ALTA (un liquido chimico di colore rosso che le giovani e le neo-spose prendono per colorarsi i piedi in occasione delle feste). L'atto di colorare fatto da una donna barbiere, come servizio sociale tradizionale, anche se ormai obsoleto).

A questo punto Nirban, abbattuto per l'umiliazione subita dalla madre, si agita.

"Ascoltate tutti, se volete umiliarmi, ok, continuate pure. Ma non puntate mai il vostro brutto dito contro mia madre. Non ha commesso nulla che possa causare un'erosione dell'onore di questa famiglia. L'ho fatto. Sono il figlio del vostro villaggio. Ho sposato una cosiddetta ragazza di villaggio di bassa casta. Sono il vostro vicino di casa, mi avete visto crescere, istruirmi. Ho sempre frequentato i ragazzi del posto come amici e fratelli. Rispettato da tutti. Non ho mai umiliato nessuno per la sua appartenenza a una casta inferiore. Ho studiato gli Shastra

(Scritture) in cui la demarcazione delle caste è stata discussa, criticata, analizzata e resa oggetto di dibattiti. Posso mostrarvi che molti dei vostri dei hanno sposato caste inferiori, molti desideravano fanciulle di casta inferiore, molti avevano bisogno di ragazze di casta inferiore come di compagne nella loro austera adorazione di Dio".

Ha poi proseguito. "Che dire del famoso Saggio Bashistha e del suo lignaggio? Quanti di voi hanno letto il nome di suo nipote Parashar? Questo Parashar è il padre del grande "Krishnadwaipayana Vedavyas", il noto suddivisore dei Veda e scrittore di tutti i Purana e della grande epopea del Mahabharata. Come è nato questo Vedavyas? Di chi? Questo saggio bramino era innamorato della figlia di un pescatore, Matsyagandha, e pretendeva l'amore di una pescatrice! Allora, che ne è del vostro braminismo? E il vostro Signore Sri Krishna? Dove ha raccolto le sue sedicimila e cento mogli? Erano tutti brahmani? No. Sono stati solo cacciati da clan diversi. No, non erano le sue mogli. Sono stati rapiti da province diverse. Pensi che stia mentendo? Leggete il 'Bishnupurana'".

La folla si è calmata. I brahmani riuniti lasciarono il luogo sconfitti, ma la loro rabbia non fu placata. Altre persone esultanti, che erano piuttosto ignoranti sulle Scritture, ma che volevano comunque condividere la cruda gioia dell'eccitazione e del gruppo, se ne andarono balbettando: "Per quale scopo siamo venuti qui? Che la battaglia sia affare esclusivo del Brahman. Perché dovremmo essere una via di mezzo? Non dobbiamo essere il pezzo di osso in un Kebab liscio". La folla si assottiglia.

Draupadi rimase muta. Non aveva alcun ruolo da svolgere in questo dramma.

Seguirono una serie di pianti. Piangere in distici in rima, come di consueto nella tradizione del villaggio.

È stata la madre di Nirban.

Piangeva incessantemente.

"Oh! Che 'rakshashi' (un demone femminile) è entrato nella mia famiglia, Oh, Signore! Il nostro onore è sparito, la nostra reputazione è diminuita, il nostro focolare e la nostra casa sono diventati un forno crematorio, e questo è un regalo del mio unico figlio, che abbiamo allevato, nutrito e reso uno studioso. Un regalo da studioso! Oh Dio, perché viviamo ancora sotto il cielo? Avremmo dovuto ingerire del veleno e morire".

Nirban è stato un tipo a posto come pochi. Disse, con un tono cupo e autorevolmente sicuro.

"Piuttosto avresti potuto dare alle mie labbra qualche goccia di veleno, che ti avrebbe salvato da tutti i problemi. Il dono di un non bramino è questo!".

"Nibu! Questa è una crudeltà da parte vostra mostrata ai vostri genitori"? "Sei un figlio ingrato. Non siete un essere umano. Il Gayatri Mantra insegnato da noi non ha alcun significato. Il vostro filo sacro è stato profanato dal tocco di una ragazza di bassa casta. Avete gettato un'offesa sul nostro volto. Questo vostro atto immorale ha provocato un tumulto non solo nel nostro villaggio, ma anche nei villaggi vicini. L'Haat (mercato) settimanale, il bazar: ovunque la gente è diventata allegra, i pettegolezzi volano più veloci del vento".

"Abbi pazienza, maa. Capisco, sono l'unico responsabile di tutto questo. Un proverbio dice: "È meglio una stalla vuota che un allevamento di mucche disoneste". Lasciatemi percorrere il mio cammino affinché possiate vivere in pace. Non sono alla ricerca della vostra ricchezza, dei vostri ornamenti, delle vostre proprietà terriere e della vostra clientela di Yajman (per i quali il bramino deve offrire puja, organizzare rituali e Yagna (culto del fuoco) e guadagnare un bel po' di soldi). Dichiaro di non essere un brahmano tale da odiare le altre caste. Penso che abbiamo lo stesso sangue, le stesse caratteristiche fisiche, gli stessi sentimenti e la stessa aspettativa di vita. Prendiamo cibo, dormiamo, abbiamo abluzioni, camminiamo per strada, partecipiamo alle feste, interagiamo socialmente con i nostri parenti allo stesso modo. È certo che le altre caste inferiori non prendono il cibo come gli animali nei prati, forse perché non sono abbastanza ricche da indossare abiti costosi, usare profumi, spendere per il lusso, acquistare disinfettanti per mantenere la pulizia come le caste superiori o i bramini. Avete il vostro filo sacro, avete la vostra "ghanta" o campana e la vostra arma letale, il mantra, le scritture, con misteriose storie di paradiso e inferno inventate da voi. Hanno i loro metodi di guadagno, che sono stati imposti loro con forza da voi. Sono anche compartecipi del vostro manuale di rituali perché avete imposto loro tutte queste porcherie".

La sua voce si è fatta più densa.

"Quindi, da oggi in poi, rinuncio al mio 'brahmanatwa' (braminismo) e divento solo un umano, un discendente dell'Homo Sapiens". (La madre quasi ulula a questo gesto. Il padre urla)

Qui conservo il filo sacro sotto la vostra protezione. Prendi quello che mi hai dato una volta nel giorno dell'Upanayan o nel giorno in cui si indossa il filo sacro.

"H!h, ascolta, Oh, gli dei, non vedi, che sacrilegio è questo?". Torna in cucina con passo deciso.

Draupadi, che si trovava in piedi, aprì la bocca:

"Nibu, è meglio che me ne vada".

"Draupadi, per favore, non dire queste sciocchezze".

Questa non è spazzatura Nibu. Sono stato trasformato in un empio manichino della vostra famiglia. "Anche per me la vostra casa si è trasformata in un inferno. Per me tutte le cose sacre nella vostra famiglia sono profanate. Per me il male o 'amangal' ha steso le sue zanne sulla vostra famiglia".

"Nella mia più sfrenata immaginazione, non posso credere a queste ingiuste diffamazioni nei tuoi confronti", mugolò Nirban.

"Lo so, questa strega ha posseduto il mio unico figlio. Non l'ha lasciata andare".

Nirban si infuriò. "Maa, ti prego, non sporcare la tua lingua! D'ora in poi non avrete più problemi. Solo questa notte. Ieri sera! Porterò via con me ogni sporcizia. Da domani in poi, se vedrai Draupadi, lancia su di lei una maledizione".

Stanotte il vento del sud ha soffiato dolcemente. Parole di dolore si insinuarono nella piccola stanza in cui Draupadi si era appena coricata. I cespugli di bambù, il mango, la marmellata, i frutti di jack, gli alberi di Arjuna, di Shirish e di Neem si chinarono per ascoltare ciò che stava nascendo nella mente di Draupadi. Questa sera Draupadi non aveva parole, né rime, né distici di canzoni d'amore e di culto vaishnabite che poteva cantare prima. L'oscurità è arrivata in punta di piedi. Il volto della madre sfortunata è stato ingrandito:

"Mamma, sei contenta?".

"Sì, mamma, lo sono".

Il volto preoccupato di suo padre si stagliava grande:

"Mamma, (mia figlia) ti hanno punzecchiata, presa in giro, schernita, tormentata?".

"No papà. Sono autentici brahmani, come gli dei".

C'è una voce che aleggia nell'aria: non vi hanno permesso di entrare in salotto, in soggiorno e in cucina?".

"No papà, sto bene. Sto dormendo nella mia camera da letto, spaziosa e ben arredata".

"Come sta il mio damad (genero)?".

"Bene, bene. È davvero un essere umano ideale. Un cuore coraggioso, un uomo educato".

"Dormi, mamma. Spero che vi adattiate e vi assimiliate a loro. Spero che conquistiate i loro sorrisi".

Il mattino seguente, mentre Nirban si preparava a partire, sua madre si precipitò da lui.

"Khoka! (Mio caro figlio) non lasciare queste persone anziane nei guai".

"Strano", rispose Nirban, "mi ispira a partire e contemporaneamente me lo impedisce?".

"Khoka, sei l'ancora di salvezza della mia famiglia".

"Sbagliato, maa. Avete denaro, influenza e gerarchia di casta. Sono una nullità. Allo stesso tempo un non-Brahman. Ho profanato l'inno sacro, il 'Gayatrimantra'".

"Puttar (figlio mio) quello che ho detto, l'ho detto con rabbia".

"Quello che hai detto è vero maa. Per essere fedele alle sue parole, devo andarmene".

"Puttar, non fare illazioni con la tua stessa madre. Lei ti ha cresciuto, ti ha reso quello che sei oggi".

"Ammettilo, maa. Questa è la Legge di Natura. Ditemi ora, come posso compensare questo? Anche se, lo so, i debiti verso i propri genitori non possono essere compensati...?".

"Il padre di Nirban, desideroso di partecipare, disse: "Sono un uomo malato. Se ci lasciate, non ci sarà nessuno che si occuperà di questo duo".

"Perché papà, ci saranno i tuoi amici politici, i burocrati, i ministri e i vicini brahmanici, la tua stessa gente!".

"Mi stai colpendo sotto la cintura. Babu, le discussioni non possono risolvere alcun problema. L'adattamento del paziente può risolvere".

"Una presa di coscienza troppo tardiva. Un Brahman ha sempre reso gli altri sottomessi a lui. Era sempre stato il più saggio, avendo tenuto sotto chiave tutta la conoscenza dell'universo".

"Non discutere con i tuoi superiori".

"Perché sei insicuro delle tue argomentazioni. Questo è il segreto. Questo è il segreto che costrinse il Rishi 'Yagnabalkya' (un antico Rishi, dotato di una vasta conoscenza, come raccontato negli Shastra) a dissuadere Gargi, il grande studioso, dal porre ulteriori domande. Minacciò Gargi: "Se vai avanti, il cielo ti cadrà addosso".

"Khoka, non essere così impudente da mettere in difficoltà tuo padre in questo modo. Siate con noi, vivete con noi in pace. Non ve ne andate, vi prego...?".

"OK. Non me ne andrò se accetterai Draupadi come tua nuora".

"Non potrà mai accadere, finché vivrò in questo mondo", giurò il padre di Nirban.

"Ascolta, non potrò mai essere tuo figlio, finché vivrò...!".

Draupadi intervenne.

"Nibu, tu puoi essere - se solo smetto di essere tua moglie, non è vero?".

"Draupadi!"

"Siete liberi di ottenere il divorzio".

"Draupadi, non farmi pressione per ammettere la sconfitta. La mia non è una lotta, ma una guerra per garantire l'onore dell'umanità. Non impeditemi di accettare la scommessa della battaglia".

"Il padre di Nirban gridò a squarciagola: "Ah! Vedete, voi dei, che ingrato può essere un figlio! E tu, sua madre, non vedi che demone hai portato nel tuo grembo? Questo giovane moderno che impara poco non lo sa".

>...sasarja brahmanagre sristyadyou sa chaturmukha,
>
>sarbe barna prithak pashat teshang bangsheshu janjrite...

All'inizio esisteva un solo "varna" (divisione in caste basata sulla religione, che mette in evidenza il "colore", il marchio di grandezza): il Brahmana. Dopo i brahmana, sono nate le altre caste".

"Secondo quale super struttura, papà? La vostra Gita dice: per professione e occupazione, non è vero? Papà, i giorni delle idee sbagliate sono finiti o stanno per evaporare".

"Ancora una volta, ribadisco ciò che ha detto Rishi Bharadwaja, che ha chiesto a Bhrigu il colore fisico dei Brahmana. Rispose:

>Brahmananag sito varna, kshatriyanangtu lohita,
>
>Vaishyanang pitako varna, Shudranamastitasthata...".

"Stupido erudito, ecco la chiara menzione: i Brahmani hanno la pelle chiara, i Kshastriya, bruna, i Vaishya gialla e tutti gli Shudra hanno la pelle nera".

"Sì, sono uno sciocco. Ma come mai Draupadi si trova davanti a voi come una ragazza con la pelle più bella, qui, intorno a voi? E la sua risposta, se cito lo stesso Bharadwaja?".

>"kaamakrodha bhayanglobha shokachinta kshudhashrama
>
>sarbeshang no prabhabati kashmatvarno bibhidyate".

Che cosa aveva detto, infine?

"Tutti noi abbiamo, indipendentemente dai Varna, l'impulso fisico del sesso, della rabbia, della paura, dell'avidità, del lutto, dell'ansia, della fame e del lavoro per vivere. Siamo sotto la loro influenza. Allora come fanno i brahmani a sostenere di essere il più grande di tutti i varnas, come fanno a sostenere di essere un popolo separato e santo scelto da Dio?".

Suo padre rimase in silenzio e sconfitto.

Nella sua accogliente casetta, Kishorimohan, il padre di Draupadi, soffriva di un profondo senso di angoscia. Umiliazione, deglutì a fatica. Frustrato, stava solo recitando ciò che aveva imparato da suo padre?

"Qui mi inchino davanti a te, Signore Ganapati.

Qui, mi prostro, e tocco i tuoi piedi

Tutti mi conoscono, sono un barbiere, scateno

Le mucche dai loro lacci, hanno legato in forma.

Ecco che arriva il Signore Shiva, con le orecchie ben illuminate

La sua testa è fiorita da Dhutura, con una bella maglia.

Vedere il Signore che arriva in groppa a un giovenco, che si abbatte su di lui.

l'aureola floreale intorno alla sua testa.

Sta camminando verso la casa di Giriraj

La cui allegria, che scuote il portale, della circonferenza di Banana

Lo! Ecco che si affaccia Ma Shibani, la sua enorme chioma

Questo barbiere si precipita da lei, con ghirlanda fresca

Offre i suoi pranam a Shiva, la Sua grazia divina.

Guardate, il Signore sta corteggiando le fanciulle, per impressionare

Il cielo scende sul luogo dello sposo con il baldacchino

Arpe sulla corda della gioia, il barbiere, il suo abito pittoresco

Affascina la folla di signore 'ulluing'*, orgoglioso

Il barbiere si scatena: 'Hari, Hari', cantando ad alta voce

La mia preghiera allo sposo, a Dio e alla folla divina

Chiunque voi siate - Vostra Maestà - ascoltate

Riempi la mia borsa di oro, argento e regali, verde

Riporta a casa la tua sposa, sia ampio il tuo sorriso!

Draupadi stava sonnecchiando. La donna sta ascoltando il padre recitare i versi sopra citati e viene trasportata ai giorni della sua infanzia.

È sulle ginocchia del padre e ascolta avidamente.

"Allora, papà, cosa è successo?".

"Il Signore Shiva portò Parbati nella sua casa".

"Dove vive il Signore Shiva?"

"Al Kailash Parbat" (Monte Kailash, ora al Tibbat)

"Dove si trova?"

"È molto lontano. Dovrai volare come un uccello e poi scendere".

"Perché gli dei si sposano?".

"Devono farlo. Per mantenere attiva la loro stirpe".

"Cos'è il lignaggio, papà?".

"La discendenza è una continuazione della famiglia, io, mio figlio o mia figlia, lui/lei, suo figlio o sua figlia, la progenie continua".

"Non mi sposerò, papà".

"Perché, mia dolce dolce mamma?".

"Allora devo lasciarti".

"Bisogna farlo, ma...".

"No, no. Non lo farò".

"Questa è la Legge di Natura, mio uccello!".

"No, no. Sarò sempre con te".

"Piccola, da grande dovrai sposare un ragazzo. Avrete il vostro nuovo padre e la vostra nuova madre, avrete le vostre nuove relazioni. La tua nuova madre, la tua suocera, ti amerà come una figlia...".

"No, no. Lei non mi amerà mai. Ho visto che un mio compagno di scuola si è sposato. La suocera non la ama, anzi la tortura giorno e notte".

"Non sono tutti uguali, tesoro".

"Tutti lo sono. Non credo che non lo siano. Sono crudeli. Mi picchieranno, mi umilieranno, non mi daranno da mangiare, mi tratteranno come un intoccabile!".

Draupadi era terribilmente spaventata nel suo mezzo sonno e mezzo risveglio. Ha sognato di essere lasciata in un luogo isolato. Nessun habitat, nessun albero, nessun uccello e nemmeno nessun fiume nelle vicinanze. Non è sicura che si tratti di un tratto di terra che si estende per chilometri e chilometri, di una prateria o di una palude. Le sembrava di galleggiare nel vuoto. È stata portata via da un vento violento per un'unità di tempo lunga e mai calcolata. Che cos'era il tempo per lei? Un viaggio infinito in una terra senza fine? Dove poteva essere caduta da una tale altezza? Dove si può scendere?

Sudava abbondantemente. Il corpo le faceva male. Si dimenava con la testa e all'improvviso è scoppiata a piangere. Ma non c'era nessuno che rispondesse alle sue lacrime. Draupadi sentì che nessuno era lì accanto a lei.

Nirban, suo marito, si svegliò improvvisamente. Esausto per le accese discussioni con i genitori, si addormentò, eppure, mentre le sue dita avvertivano una sensazione di acquosità, fu costretto a rimanere sveglio.

Vide Draupadi contrarsi, il suo corpo si contorceva per il dolore.

Si lamentò ad alta voce: ehi! Draupadi, svegliati. Cosa ti affligge?

"Sono con voi, fatevi coraggio, svegliatevi!".

Dopo una lunga persuasione o pressione Draupadi aprì gli occhi. Ma lei aveva un'aria assente.

"Io sono, Nibu, tuo marito!". Guardatemi! Sono io, Nirban.

Draupadi non riuscì a riconoscerlo. I suoi occhi cercarono di leggere qualcosa nei suoi occhi, ma non ci riuscirono.

Nirban quasi ululò: Draupadi-i-i?

Draupadi si alzò di scatto. "Dove mi trovo? Quale dei tre mondi mi ha fatto prigioniero? Chi di loro mi sta spingendo verso il nulla, nell'abisso senza limiti?

Nirban: "Sentimi, sei su questa terra, hai il calore di un essere umano - una donna, sposata con me, un essere umano giovane, energico, premuroso, robusto e vivo! Ecco che lui, il vostro Nibu, vi tiene le mani sotto il cielo!".

"Stringimi forte. Ho paura di cadere e di rompermi. Tuo padre mi rimprovererò dicendo: "Sei un barbiere, un "*dalit*", calpestato sotto i piedi di Brahman. Sei stato fatto a pezzi, sei stato una nullità, un emarginato represso... uno sporco barbiere!".

"Stai tranquilla, Draupadi. Raffreddamento. Raffreddare per toccare la verità. La verità è che: I brahmani vi hanno ingannato per calpestarvi. Hanno creato le Upanishad per dividere l'umanità in caste e sette. Hanno scritto la "Chhandogya Upanishad" che proclama: coloro che svolgono i compiti più meschini nella società, prendono nascite più meschine nella sequenza di nascite successiva. Nascono cani, maiali o chandali (esseri umani rozzi, brutali, scortesi, impuri e quindi non autorizzati a entrare nelle città, nei paesi o negli insediamenti delle cosiddette caste alte). Ma pensate bene, stranamente questi Brahmani avevano rapporti sessuali con i cosiddetti Shudra o persone di bassa estrazione! Questa volta la loro casta-purezza non era minacciata! La ragazza brahmana si mescolò con questo ragazzo... Chandal e dall'unione nacquero dei figli che chiamarono Chandal! I ragazzi Kshatriya godevano della carne dei 'Vaishya' (la classe dei mercanti), ma quando nacque il figlio, i Brahman lo chiamarono 'Bagdi' ed evitarono che i bambini vivessero come animali nelle periferie delle città. Non sapete che inferno hanno scavato questi brahmani per i cosiddetti Chandal!

Draupadi non poteva sopportare il peso di un simile gergo scolastico.

L'"*Apastasya Dharamsutra*" (i rituali prescritti dal saggio Apasta) dice: se tocchi un Chandal, dovrai fare immediatamente un bagno nel Gange, se parli con un Chandal, dovrai espiare simultaneamente parlando con un Brahman, se ti capita di guardare un Chandal, dovrai purificare i tuoi occhi guardando la Luna, il Sole o le Stelle. La loro 'Parashar Smriti' dice: se un Chandal tocca accidentalmente un Brahman mentre sta mangiando, il Brarhman rifiuterà il pasto e lo getterà nella spazzatura. Se un Brahman, bevendo acqua da un pozzo, viene incidentalmente toccato da un Chandal, dovrà mangiare ininterrottamente per 3 giorni orzo imbevuto dell'urina delle mucche per purificarsi! Quindi, ogni Shudra è virtualmente un Chandal e quindi un intoccabile dichiarato!".

Draupadi premette le dita contro le sue labbra. Disse freddamente, "per favore, controlla la tua rabbia". Sono una ragazza poco istruita. Vi prego di non caricare questo fardello di conoscenze sulla mia mente. Fai una cosa, lascia che mi scarichi a casa di mio padre".

Nirban aveva un'aria assente, ma si ricompose e disse: "Ho bisogno di te al mio fianco in questa guerra contro il casteismo e il razzismo. Se mi lasciassi, la mia forza diminuirebbe, Draupadi".

"Sono sempre con voi. Ma io vivo qui come una mucca morta. Sto marcendo. Nessuno mi parla, nessuno mi sorride, nessuno mi rivolge il caro "bouma" - il sogno di ogni donna. Come posso sopravvivere? Meglio venire a stare dai miei genitori? So che esiterai a stare a casa di un barbiere".

"Per favore! Non è possibile pizzicare in questo modo. Sono un essere umano.

"Ok, lo farò. Ma so che i miei parenti e i cosiddetti benefattori, i brahman e i kayastha, la tratteranno come una sconfitta".

"Se manteniamo i nostri propositi, come può la gente prenderla come una sconfitta? È la catena ininterrotta di un amore universale, l'unione potente di due anime come nella leggenda del Signore Krishna e della sua divina dell'amore, la grande Radhika. Sono riusciti a romperlo?".

"Assolutamente corretto, Radhika".

"Ma come farai a riunirti con la tua Radhika, stando con una schiera di persone a noi inimiche? Ascoltandomi male, continuamente, un giorno ti esaurirai, il tuo spirito si spegnerà, coverai la rabbia dentro di te, contro questa povera ragazza. Nibu, posso farle una domanda opportuna?".

"Oh, sì!"

"Potete creare una struttura separata per noi, per vivere?".

"Lo farò. Mi prendo un po' di tempo per andare a Kolkata, la capitale, e cercare un lavoro. Nel frattempo, i miei risultati finali saranno resi noti. Sono fiducioso, posso gestire un buon lavoro e un buon soggiorno separatamente, con voi".

"Mio Arjuna!"

"Cerca di dormire un po'".

Nirban cadde in un sonno da cani.

Drraupadi cercò di invocare il sonno, ma era eccitata all'idea di una vita separata con il suo amore e con il solo amore.

Il sonno era sparito e la povera ragazza era immersa in sogni selvaggi. Si vide attraversare un mare turbolento tenendo per mano il suo Arjuna. Ma era un dio in una terra lontana lontana. È un Brahman, il più alto barna (alto nella gerarchia sociale, alto e puro nella nascita, dice la gente) dei quattro barna. Ma i sogni sono innocenti. È stata vista accarezzare i suoi sogni.

Dall'altra parte c'è Arjuna, il principe guerriero che gli si presentò davanti vestito di zafferano. Era arrabbiato, ma la rabbia era il suo ornamento.

Improvvisamente vide il suo amore pronunciare alcuni versi che le fecero vergognare il viso. Le parole erano così articolate, così appassionate e sensuali che il cervo diciottenne si arrabbiò.

"Netre kantha kapole cha

Hridi Parshwadwayehpi cha

Gribayang Navideshe cha

Kami chumbati kaminin".

(Uomo sensuale, vieni,

Baciate l'occhio della vostra donna

Collo, guance, seno

Entrambi i fianchi

Poi di nuovo la nuca

E la dolce cavità dell'ombelico)

E da dove viene? Questa notte arrossata dalla luna? Draupadi è ora in preda a un trauma. Si trova nel letto del fiume e il fiume si è avvicinato con una bazra (grande imbarcazione ben decorata e ornata per un viaggio senza terra, proprio come una casa galleggiante sul fiume). Entra nella nave. Si abbandona sulle braccia impazienti di Arjuna e si scioglie come piombo!

"Prema snigdhang samalingaya shitkarang

Mukho chumbanam kanthashaktang punah

Kritwa garhalingamacharet".

(Stringere forte la donna tra le braccia

Con vero amore e poi

Avvolgerla, gemendo in uno stretto abbraccio

Baciare profondamente la sua bocca

Entrare in lei senza pietà)

Draupadi si svegliò con un profumo intorno a sé. Nel suo piccolo cubicolo. Nella stanza si sente il mormorio sommesso di un uomo con il suo flauto. La musica dà vita alla sua performance appena terminata sul palco: *bhabati kamalanetra nasika kshudrarandhra/ abiralakuchajugma charukeshi krishanki/ mridubachan sushila, geeta-badyanurakta/ safalatanu, subesha, padmini padmagandha*

"Ha gli occhi a ninfea, il naso sottile

Un paio di seni, vicini e stretti

Capelli luminosi, arti flessibili

Voce di miele, natura docile

Di canto e di musica è appassionata

Ecco la donna di loto

Il suo corpo è armonia

Versa la fragranza del loto".

È stata una mattinata di tristezza. L'aria era densa, appesantita da un lamento soffocato.

Stamattina ho letto anche il lamento silenzioso di un'altra donna, scritto sulle foglie degli alberi, sulla sua casa tanto a lungo desiderata, sulla camera da letto splendidamente decorata con il marito, sui pezzetti di carta galleggianti, come se contenessero le lettere d'amore non scritte. L'amore, acritico, puro e non contaminato da alcun casteismo. Non sapeva di essere più una ragazza brahmana che una donna.

Eccola che arriva, con il suo torbido sentimento sordo che sta per essere espresso nel linguaggio di un grido.

È Parbati, la "didi" o sorella maggiore di Nirban.

Nirban guarda con stupore e paura.

"Didi? A quest'ora? Come mai?"

"Scacciata dalla casa di un vero brahmano", disse freddamente.

Nirban	: Cosa?
Parbati	: Sì.
Nirban	: Come va, didi?
Parbati :	Hanno il loro dito accusatore contro di voi. Che tu avete che avete sposato una ragazza di casta inferiore, che avete commesso un sacrilegio, avete profanato la ideale secolare del braminismo.
Nirban	: Oh Dio!
Parbati	: Mio caro, non c'è Dio se non il Brahman.
Nirban	: Devo abbassare la testa? Ma perché dovreste espiare per il mio peccato?
Parbati	: Bhai (fratello), non c'è peccato nel tuo gesto. Avete fatto il giusto da fare. Perché dovreste inchinarvi? Devo espiare il peccato di essere nato in un Brahman.

famiglia. Devo espiare la colpa di aver sposato un bramano bigotto.

Nirban : Come si permettono? In venti villaggi e dintorni, la gente sa che i Chakrabortys sono più venerati dei i Bhattacharya.

Parbati : Fratello, sarai intrappolato dallo stesso con cui avete dichiarato guerra.

La madre esce di casa e si sfoga con la sua rabbia dolorosa,

"Oh Signore, come stiamo raccogliendo il raccolto della sventatezza di nostro figlio!".

"Mamma, non è uno sciocco. È intellettualmente e umanamente più avanzato di noi".

"Eh! Torneremo tra qualche secolo e lui avanzerà! Quanto siamo fortunati!".

"Vero mamma. Vivete nel Medioevo, buio, oscuro, senza ragione e ingiusto. Non c'è nulla di male a vivere nel Medioevo, se non essere intrappolati da quelle superstizioni più oscure ad esso collegate".

"Lasciate da parte le prediche. Cosa farai adesso? Chi porterà il peso del tuo disonore? Conoscete il futuro di una ragazza brahmana, rimasta senza marito? Pensi che qualcuno si farà avanti per sposarti?".

"Io stesso sopporterò la felicità di essere libero dal giogo del brahminismo. Ora sono libera di scegliere la mia carriera, la mia istruzione e il mio futuro. Sono l'architetto del mio futuro. Non devi preoccuparti per me".

"Dove andrai? Con chi dovrai vivere?".

"Prima di tutto, al tribunale, chiedendo il divorzio".

"Cosa? Sei fuori di testa?".

"Non si spaventi. Pregherò per il divorzio. Raccogliere prove sufficienti e argomentare la mia separazione. Non abbiate paura. Non sono venuto qui per stare con voi. Sono venuto a ritirare i miei documenti e i miei voti per essere ammesso al dottorato".

"Si tratta di un'azione avventata. Dove vivrai? È facile vivere separatamente nella nostra società?".

"Ci sono numerosi ostelli, alloggi P.G., case residenziali per studenti...".

"Che cos'ha? Perché è scontento di te?".

"Se ti chiedo cosa c'è di sbagliato in me?".

"Shambhu è un professore debitamente qualificato, ha una buona posizione sociale, ha una famiglia rispettabile".

"Pensavo che lo fosse, ma non lo è".

"Sei, lo stesso arrogante e testa calda di tuo fratello".

"Può darsi. Dopo aver sopportato con freddezza il fardello del brahmanesimo maschile, ho dovuto essere calda".

"Didi, dove andrai a stare/".

"Ho parlato con i miei amici. Mi hanno promesso una sistemazione a pagamento. È una situazione temporanea. Ho già parlato con uno dei miei insegnanti. Mi ha assicurato una sistemazione nell'ostello delle donne".

Il padre di Nirban si unisce alla discussione.

"Che tu sia maledetto! Lasciando un professore colto e brillante, che ritenevamo un giusto abbinamento per te, avevamo fatto in modo di legarti in matrimonio, ma che destino imperscrutabile, buttando via l'oro, opti per una carta stagnola!".

"Mamma, il tuo 'Mr. Correct' è un seguace della filosofia manuita, un odiatore degli altri varnas, un sostenitore dell'apartheid e un maschio dalla mentalità ristretta che soffre di paranoia. Come posso vivere con lui? Ho preso la mia decisione. Mi prendo ventiquattro ore. Poi partirò per la mia destinazione".

Suo padre stava per crollare.

"A cosa mi serve questa grande villa? A cosa serve il mastodontico magazzino delle proprietà?".

Nirban disse gentilmente: "Papà, vivi con la tua ricchezza, la tua posizione e le tue proprietà. Non abbiamo alcun interesse per loro".

Parbati ha aggiunto: "Lascia che ti restituisca gli ornamenti che mi hai regalato al mio matrimonio. Potrei farli uscire dal mio armadietto prima che ci mettano le zampe sopra. Non ho preso nemmeno un pezzo di ornamento con cui mi avevano decorato. Sono solo con il mio unico sari che avevo, mentre andavo a casa dei Bhattacahrya".

Sua madre scoppiò in vere e proprie lacrime.

"Una madre da cui i figli sono allontanati non può vivere. Signor Chakraborty, come può riparare il divario tra giorni e notti buie? Sono sui denti della sega. Non abbandonerete mai il vostro ego e la vostra progenie non abbandonerà le proprie argomentazioni. Dovrei essere spinto alla morte? Accettate vostro figlio e vostra nuora. Salva la nostra famiglia1".

"No", urlò l'anziano Chakraborty, "sono ancora fedele alla mia fede: le donne, i cani, gli uccelli neri e gli Shudra non devono essere toccati". Dovrebbero essere evitati".

Nirban tornò al suo istituto. Doveva prepararsi per l'esame finale, prepararsi ad affrontare il colloquio nel campus. Aveva un estremo bisogno di un impiego, il più rapidamente possibile. Sognava di affittare una stanza e di portare Draupadi a vivere con lui. Aveva anche sognato di rendere regolari gli studi di Draupadi. Draupadi fu lasciata a casa del padre, sotto stretta sorveglianza e una pattuglia di giorno e di notte del barbiere-muhalla iniziò a proteggerla. Il piccolo cottage di suo padre era praticamente diventato una fortezza. Non le è stato permesso di avventurarsi fuori. Gli alberi, gli scoiattoli, i pappagalli, i gufi e una foresta in ombra in lontananza, un fiume che mormorava silenziosamente - tutti loro la chiamavano: "Oh Draupadi, vieni fuori, parliamo, passeggia e ti condurremo al fiume!". Ma Draupadi si allarmò e non uscì dalla sua casa.

Suo padre, cauto a ogni singolo rumore proveniente dall'esterno, lasciò la sua professione di gestore di un salone e si occupò di proteggere sua figlia.

Draupadi si annoiava. I suoi studi erano ridotti, i suoi movimenti erano limitati: si credeva imprigionata. Le sue chiacchierate notturne con Nirban erano l'unica consolazione. Aspettò ore per ascoltare i saluti di Nirban e i suoi tre giorni erano passati e Draupadi pensava di essersi crogiolata in un'onda di tempo senza fine.

"Ehi?"

"Sì, Chitrangada".

"Non sono una principessa, sono una povera ragazza...".

"Ma ricca di cuore, ricca di mente, ricca di coraggio e incantevole di bellezza".

"Sono così affamata del tuo amore - le tue spalle larghe, il tuo collo dritto, un vero viso maschile, labbra divoranti e un cuore pieno come l'oceano. Sento le onde, il sapore del sale dei tuoi denti, le tue dita da polipo che mi attraversano per darmi un brivido estatico...".

"Ehi, non farmi diventare avido. Aspettate ancora qualche giorno".

"Nibu, voglio viaggiare attraverso una luna piena che inghiotte il mio cottage - prendendo le tue mani - in una terra lontana lontana!".

"Dormi, mio coniglio".

Il giorno dopo la partenza di Nirban, nella casa dei Chakrabortys c'è un fermento di attività.

Si tratta di un "Chandrayan", una cerimonia di espiazione, una "prayaschitta" condotta per purificare la casa profanata da Draupadi. Un gran numero di invitati ha partecipato alla celebrazione. Poiché Krishnakishore Chakraborty, il padre di Nirban, è il Pradhan del Panchayat, le presenze sociali e politiche sono molto presenti. Per l'occasione sono intervenute personalità dal livello distrettuale fino alla base. Gli agenti di polizia, insieme all'Ispettore di circolo e al Thanedar, hanno consumato un sontuoso pasto stasera.

Dopo che se ne sono andati, le luci sono spente. Alcune creature spettrali sono, come se fossero invocate, per convocare una sinistra riunione. Gli invitati a questa assemblea speciale mostrano i loro volti turbati, cupi e gravi. Un flash del cellulare mostra il volto di Chakraborty, pallido come la morte.

"Questa è una terra di tenebre, come le tenebre stesse. Questo è lontano da Dio e dalla luce del cielo. Una lurida luce tremolante di un fuoco che nasce da narghilè in fiamme lo rende più scuro", ha commentato la notte.

E Milton avrebbe detto: "... c'era una collina, poco distante, la cui cima orribile sputava fuoco e fumo...".

I diavoli, come gli angeli caduti, sono intrappolati in un mondo recalcitrante e pericoloso tutto loro... che fa...

La luce tremolante del tabacco bruciato sulla sommità di ogni narghilè crea una confusione...

Un rituale di inalazione del tabacco bruciato da narghilè a narghilè, e l'ultimo, ma il meno importante... un sussurro di 'hummns', particelle spezzate di una fragranza oscura, che rende l'aria pesante con la cupezza...una musica infinita di agenti oscuri che cantano nella natura selvaggia si è intromessa nella scena... una schiera di topi oscuri che si muovono qua e là... alcuni serpenti oscuri che predano le rane con le loro grida che squarciano l'aria, e... dopo una lunga riflessione, i "ronzii" si trasformano in "sì".

Le teste sono riunite per dichiarare il "sì". Una pallida luna, sorta accanto alla finestra, fatica a sbirciare, ma la stanza è diventata eternamente buia...

È successo, il giorno dopo...

Una miriade di messaggi di panico si diffondono nel villaggio, in particolare nella casa di Kishorimohan, il padre di Draupadi, dicendo che il suo salone è stato saccheggiato dalla polizia e che sono state recuperate armi enormi. Nessuno sa da dove o da chi le armi siano arrivate nel salone di Kishorimohan.

Ma i fatti sono fatti.

La polizia ha esaminato meticolosamente tutte le armi e le munizioni scaricate, ha stilato un elenco completo e il rapporto sul ritiro delle armi è già stato inviato alla sede della polizia distrettuale. La polizia è già in agitazione, i giornalisti corrono da una parte e dall'altra, ma nel momento in cui sono iniziate le ricerche Kishorimohan stava dormendo in casa sua, insolitamente da molte ore.

Un gruppo di poliziotti entra subito in azione. Kishorimohan viene buttato fuori di casa e portato alla stazione di polizia per un interrogatorio.

La polizia non ha concesso a Kishori il tempo di parlare né con la moglie né con la figlia.

Lasciandoli nello sgomento più totale e con una montagna di ansia sulle spalle, i poliziotti se ne sono andati.

La povera Draupadi viene lasciata sotto la sorveglianza dei vicini consolatori, di alcuni parenti e degli abitanti del villaggio addolorati che si affollano intorno.

Gli abitanti del villaggio sono sorpresi. In nessun modo Kishorimohan può essere considerato un fornitore di armi. Per empatia, alcuni abitanti del villaggio si precipitano alla stazione di polizia.

La madre preoccupata e la sconcertata Draupadi cercano di contattare Nirban ma, per loro sfortuna, la rete dei telefoni cellulari è muta durante questa inaspettata svolta degli eventi.

Draupadi siede stordita. Sente un dolore sordo alla gola. La gola le si stringe. Un profondo senso di inquietudine e di paura sconosciuta la irrigidisce.

Il giorno è passato ma il padre non è stato rilasciato dalla stazione di polizia. Le notizie si affrettano a tornare: È stato trasportato al carcere del distretto per ulteriori indagini.

La madre e la figlia vengono lasciate in un casolare buio.

La mattina. Nella sua stanza d'albergo, Nirban cerca freneticamente di contattare Draupadi, ma non ci riesce.

Proprio ora deve affrettarsi a raggiungere l'istituto per affrontare un colloquio nel campus. Cancellando le sue preoccupazioni, si affretta a raggiungere il campus. "Ok, ci proverò più tardi", si consola.

Non appena esce, due persone, che affermano di essere parenti stretti di Nirban, entrano nel complesso dell'ostello e chiedono una visita al direttore, anche se le guardie non sono disposte a consentire l'ingresso. Sono gestiti da un fascio di banconote.

I messaggeri riescono a convincere le guardie che sono stati costretti da un'emergenza a soggiornare qui. Vogliono incontrare Nirban.

I due raggiungono la sala da pranzo, dove, per caso o per coincidenza, incontrano i compagni di stanza di Nirban, molto vicini a quest'ultimo,

"Ciao"?

"Sì, possiamo chiedere la vostra identità?".

"Sì, certo. Siamo venuti da casa di Nirban. È suo padre, che ci ha assegnato il compito di contattare immediatamente Nirban".

"Strano! Non si è separato da una parola dalle sue labbra! Ed è a un colloquio importante? Come mai?"

"Sì, figli, questa è la realtà. La sfortuna non arriva da sola. Una situazione di emergenza ci ha costretto a incontrarlo".

"Qual è la disgrazia e perché siete venuti a incontrarci? Come hai fatto a sapere che siamo suoi amici?".

"Siete i suoi migliori amici. È da lui che abbiamo saputo i vostri nomi".

"OK. Ma questo non significa che, senza averlo prima contattato, siate venuti da noi! Ascolta, zio, siamo solo amici. Non apparteniamo alla sua famiglia? Giusto?"

"Giusto. Ma cosa farete, se il vostro amico si trova in un dilemma che può destabilizzarlo, rovinare la sua carriera?".

"Non possiamo seguirlo. È un incontro strano".

"Ammettere. Ma a volte la stranezza aiuta a risolvere alcuni problemi".

"Potrebbe svelare il segreto?".

"Sì. Per prima cosa, dobbiamo sederci da qualche parte. Vi esorto ad ascoltare il destino che attende Nirban".

"OK! Ma come possiamo essere sicuri che non siate dei cospiratori?".

"Non lo siamo. Puoi avere uno scatto di entrambi. Verificate la nostra identità davanti alla polizia".

"Perché dovremmo essere coinvolti in una questione familiare così complicata?".

"Ragazzi, è un essere umano, con sogni per la sua carriera, per il suo futuro. Ci aiuterete se andrà nella direzione sbagliata, con una scelta sbagliata?".

"Il mistero continua ad aleggiare. Siate sinceri e raccontateci tutto. Poi decideremo cosa fare".

Il duo racconta tutto, ma con un pizzico di sale. I due amici di Nirban si ribellano contemporaneamente: "È una questione puramente personale e una scelta personale. Non dobbiamo intervenire".

"Ragazzi, noi preghiamo davanti a voi, a mani giunte, vi preghiamo di convincerlo a cambiare il suo percorso di vita. La sua carriera sarà stroncata sul nascere! Dovrà pentirsi più tardi. Questa è pura infatuazione in nome dell'amore!".

"Zio, quale sarà il destino della ragazza che ha creduto di essere la sua anima gemella? Non è un divertimento da godersi. Notate, ci sono di mezzo due vite!".

"L'altro si irrita".

"Non ci intromettiamo in alcun modo".

"Cari ragazzi, siete i suoi beniamini come lo siamo noi. Questo ragazzo manager ha un futuro brillante, ha davanti a sé un mercato matrimoniale lucrativo, ha belle spose di origine elevata che lo aspettano. Pensi che si immergerà negli scarichi?".

"Obiezione zio, non ci renda partecipi. Per proteggere il sogno del futuro di un ragazzo, non possiamo uccidere il sogno della sua compagna. Questo è il mondo digitale in cui vivete, questa è l'era del progresso scientifico di cui siete benedetti e, strano, vi irrigidite a difendere classi e caste? State sostenendo la Locomotiva di Copernico in un'epoca di jet supersonici!".

"Ragazzi, è un Brahman, del più alto ordine?".

"Allora, vogliamo fare i mediatori di casta?".

"Ti prego, evita che la famiglia si frammenti. I suoi genitori stanno per crollare. Per favore, fate qualcosa. Ecco una carta stampata. Fate del vostro meglio per fargli prendere la decisione di divorziare. Ispiratelo a mettere la sua firma sul foglio. Come farete, la strategia è vostra. Ecco due pacchetti. Prendeteli per divertirvi e divertirvi. Siete giovani del ventitreesimo, potete fare un sacco di masti...".

"Cosa contengono questi due pacchetti?".

"Aprilo".

"Apri tu, per favore. Non dobbiamo toccare. Chi si assume la responsabilità se contengono droga?".

"Ha, Ha, Ha! Ragazzi, vedete cosa sono. Questi due pacchetti contengono due mila rupie indiane ciascuno".

"Siete venuti qui per comprarci?".

"Vi compro per il bene del vostro caro amico, ragazzi".

"Riprendete questi, metteteli nella vostra borsa e andatevene".

"Il denaro non può comprare l'amore, l'affetto o il rispetto, ha commentato l'altro".

Nel giro di un minuto o più, i messaggeri scendono in fretta e si sciolgono nelle strade.

I due amici si trovano ora a dover decidere tra le due cose: le quattro rupie indiane e l'inestimabile bisogno umano dell'amore. Un momento critico per loro.

Post Script:

Il quarto giorno della sua partenza da casa, Nirban è diventato irrequieto.

"Cosa è successo a Draupadi? Perché non risponde alle mie chiamate?". Si sentiva carico di una nuvola di dubbi. Ha percepito qualcosa di sbagliato. Si mise in viaggio verso il suo villaggio natale con bagaglio e valigie.

Raggiunse il suo villaggio alle otto di sera. Si è recato subito nel "napitparha" (la concentrazione di barbieri in una località, dove il padre di Draupadi aveva il suo cottage). Era tutto buio.

Era una capanna deserta. L'ingresso sembrava chiuso a chiave, anche se oscurato dal flash del cellulare.

Chiamò a gran voce: "Draupadi-i-i?".

Alcune persone delle case vicine sono uscite frettolosamente.

"Se ne sono andati".

"Può dirmi dove sono andati?".

"Ragazzi, siamo sotto stretta sorveglianza della polizia. Non possiamo dire altro".

Nelle strade in ombra, Nirban camminava fino alla strada principale. Le luci della strada erano scarse e si lamentavano tristemente per qualcosa che non riusciva a capire. Nelle case ai lati della strada, poche finestre apparivano illuminate, ma un attimo dopo erano divorate da un'oscurità affamata.

L'aria era terribilmente temperata. Una brezza fresca stava per spazzare via la polvere. In alto, un baldacchino blu, sebbene invaso dalle tenebre, era costellato di stelle.

Dove andare?

Nirban stava ora trascinando il proprio corpo, inebetito e privo di sentimenti, mentre vedeva una costellazione di lampadine elettriche sotto un baldacchino, affollato, probabilmente, da avidi ascoltatori e spettatori.

Nirban è andato avanti.

Raggiunse il luogo dell'assembramento.

Nessuno si è accorto di lui.

Gli ascoltatori sono stati coinvolti nel "*Krishna Kirtan*". C'è l'"*Astamprahar Mahotsab*" (che celebra l'Amore divino di Krishna e Radha, impersonato dal grande cantante-filosofo liberale Srichaitanya, dell'ultimo Medioevo del Bengala).

Nirban si spinge tra la folla per scoprire Draupadi.

Il cantante sul palco stava cantando:

"*Tilakusum sunasa snigdha nilotpalakshi*
Ghana Kathina Kuchadhya Sundari Chandrashila
Safal gunjuta sa chitrini chitrabasa".

"Conosce bene i piaceri dell'amore

Non è né troppo piccola né imponente

Il suo naso, grazioso, ci porta a pensare al senso in erba

I suoi occhi seducenti sono come un'acqua turchese

Seni prosperosi, sodi e pieni

Casta per natura e assolutamente leale

Il suo volto appare come un dipinto...".

Nirban è elettrizzato nel vedere la sua Chitrangada sul palco.

"Eccola! La mia Chitrangada. Oh Chitrangada, vedi, con i tuoi occhi, il tuo Arjuna è arrivato!".

Ma mentre lui lancia lo sguardo per la seconda volta, lei è scomparsa nel vuoto.

"Dove sei, mia Chitrangada...?".

Il suo frenetico richiamo risuona nella località circostante.

"Non è inverno. Eppure gli alberi sono scioccati come se stessero perdendo le foglie. Il gufo filosofo si mette in punta di piedi e dice: "Forse... oggi stanno versando lacrime".

Gli alberi iniziano a piangere. Il gufo chiede loro: "Per chi piangete?". "Piangiamo per una gentile fanciulla, il nostro caro, caro uccellino".

I sussurri sono nell'aria. Nirban corre dietro ai sussurri.

Seguito da sussurri, Nirban va a casa.

È diventato buio. È un'oscurità vuota, monotona e tetra.

Un grande senso di stanchezza lo travolge, risucchiando le sue energie. Le lacrime gli bagnano gli occhi. Le parole gli si strozzano in gola. Dopo un attimo, le lacrime diventano amare. Il suo volto si indurisce.

L'ira e lo sdegno ribollono in una rabbia fragorosa.

Bussa violentemente alla porta di casa sua.

Il suono del bussare è così allarmante che le porte dei vicini della sua famiglia vengono spalancate.

Si raccolgono in uno o due e aspettano tranquilli.

La porta si apre con il volto enormemente sorridente della madre di Nirban:

"Aiiii! -hello padre di Nibu, vieni qui a vedere chi è venuto?".

"Dov'è Draupadi?" Nirban le lancia un'occhiata di avvertimento.

"Entra, ragazzo mio. Hai un aspetto stanco ed emaciato", lo chiama impotente la madre.

Infuriato, Nirban chiede ancora: "Dov'è Draupadi?".

La madre annaspa: "Non ne ho idea, figliolo. Devono essere nella loro mahalla. Da dove vieni, figlio mio? Era stato in città per un colloquio, non è vero? Tornare così presto? Va tutto bene? "Hai bisogno di riposo".

"Dov'è Draupadi/" (Nirban sta tremando di rabbia)

(La folla si alza in piedi. La gente ha iniziato ad affollarsi in gran numero. Un lieve clamore assume toni forti)

Qualcuno chiede: "Cosa è successo, Nibu? Abbiamo saputo che la sua famiglia si è trasferita in un altro villaggio".

Un vecchio vicino aggiunge: "Il padre di Draupadi è in prigione. Il suo salone è stato perquisito dalla polizia. È stato trasportato un enorme armamento".

Nirban quasi sviene. La gente accorre per chiedere aiuto. Trattatelo con acqua e cibo.

Tornato in sé, Nirban rifiuta il cibo. Sua madre ora grida ad alta voce: "Padre di Nibu, vieni qui a vedere cosa hai fatto di tuo figlio!".

Appare un padre visibilmente spaventato. Chiede, a mani giunte, alla folla curiosa di disperdersi. Ma questa volta il suo comando viene disobbedito. La situazione si fa tesa, con una rabbia che cova.

"Signor Panchayat Pradhan, dove avete spostato mia moglie, Draupadi?".

"Figlio mio, non so nulla degli eventi. È l'azione della polizia, con l'Enforcement Directorate. La legge fa il suo corso. Non ho alcun ruolo in tutto questo".

Nirban rifece la stessa domanda, con un delicato disprezzo: "Dove l'hai scaricata, mio rispettato padre brahmano?".

Nirban si rivolge ora alla folla.

"Chi di voi si è unito alla cerimonia di espiazione?".

Silenzio.

"Chi di voi si è goduto un bel pasto".

Silenzio.

"Chi di voi si è unito al piano generale per sradicare una famiglia povera?".

Silenzio.

"OK. Questo silenzio potrebbe costare molto caro a tutti voi. Un giorno verrò e vi trascinerò tutti in catene. Non avete aperto la bocca. Siete in debito con quest'uomo (mostra il padre) perché sarà il presidente della Panchayat Samity alle prossime elezioni. Ma ricordate, il crimine non paga. Le notti buie scivoleranno verso l'alba. Eliminerò ogni radice di attività criminale in questa zona, lo prometto!".

Scoprirò dove è stata trasportata Draupadi. Non la perdonerò mai, signor Brahman. Se le succede qualcosa, se le hai già rovinato la vita, ti prometto che ti porterò alla forca. Aspettate il giorno propizio.

E ora addio a tutti voi. È una tragedia, siete le vittime silenziose della menzogna. La verità verrà fuori un giorno.

Un giorno dovrai espiare per quello che hai fatto".

Nirban esce nell'oscurità.

La madre gli corre dietro: "Khoka" (figlio mio) torna indietro. Khoka, non so nulla di... Forse tuo padre lo sa, forse...

Il giorno dopo Nirban viene scoperto mentre pronuncia alcune parole senza senso (la gente ha informato) davanti al grande albero in riva al fiume dove ha incontrato e sentito Draupadi per la prima volta.

"Ti ricordi di me, amico mio? Avete un cuore vasto come l'oceano. Sei uno stoico. Si osservano gli animali, gli uccelli che si rifugiano, fanno l'amore, danno vita a nuove generazioni. Ti devo un profondo saluto, mi hai offerto un ombrello sotto il quale ho fatto l'amore con Draupadi. Il suo nido è preso d'assalto, lei è sradicata, senza riparo. Non so dove sia. Se torna, per favore, dille che le voglio bene. Il mio Amore è stoico come la terra. Caro Albero, qui mi congedo da te, ma tornerò. Lo prometto, tornerò!".

Diario di Nirban. Sei anni dopo.

Sei anni!

Un lungo oblio di sei anni. Devo scrivere "oblio" o scrivere la parola "Al Vida"? Questa parola di origine persiana mi riempirà?

A chi sto dicendo addio? La parola suggerisce che "non tornerà". Ma credo che un giorno tornerà da me. La mia compagna di banco Bidisha ha detto con un sorriso ironico: "Aspetta che arrivino le piogge". Ho risposto sorridendo. "Sì, stavo aspettando una "pioggia benedetta". Draupadi tornerà con un forte acquazzone. I campi saranno ricchi di vegetazione, i frutteti saranno carichi di frutti".

"La tua pazienza, buon signore! Ma ovunque voi siate, ricordatevi di una città 'Bidisha' una volta e sempre fertile, con un ricco raccolto", ha commentato Bidisha.

Bidisha si trova ora su un terreno collinare che le è familiare. I miei giorni di gioia con Bidisha si sono conclusi con una tristezza. Cosa ho fatto in questi lunghi sei anni? Ho lasciato il mio lavoro, un lavoro redditizio, in un'azienda multinazionale. Ero annoiato dall'aritmetica quotidiana dell'acquisto e della vendita, sempre in ansia, sempre con i piedi sulle ruote, sempre con le riunioni, le riunioni del consiglio di amministrazione, l'interfaccia con l'amministratore delegato e le sue telefonate a orari improponibili.

Una bella mattina sono partito, per il nulla e ho compilato i moduli per un esame UPSC. Ho scoperto che era solo per Draupadi. Mi guidava da lontano: "Sii onesto e diligentemente sincero. Svelare la verità. Mantenetelo".

Ero impegnato in una folle ricerca di Draupadi. Ma all'improvviso è scomparsa dalla mappa. Mio padre era freddo come lui, mia madre, la donna eternamente lamentosa, sembrava impotente. Nessuno mi ha dato un indizio. I miei parenti sono rimasti incredibilmente muti. Ho corso da un pilastro all'altro. È stata uccisa? Oh no! Non riesco a immaginarlo nemmeno nei miei sogni più sfrenati. È una luce che non può essere spenta con un solo colpo di vento. Non può essere una bugia. È bella come la Verità. Vero come l'acciaio.

Mi ha reso determinato e risoluto, per scoprire la verità. Ho superato l'UPSC. Ho scelto il servizio di polizia indiano. E con mio sommo orrore, sono stata selezionata! Selezionato come tirocinante! Ma non sapevo che il mio profilo di gentiluomo sarebbe andato in frantumi. La vita nell'Accademia di polizia di Sardar Ballav Bhai Patel era la più dura e difficile.

Oggi ricordo i ricordi di ieri, le sfaccettature multicolori della gemma. Sì, l'individuo dalla mente morbida, simile a un impasto, è stato plasmato in un metallo indurito. Ora, sto parlando con me stesso, da solo, con me, il vice sovrintendente di polizia - la "polizia", la parola che avevo sempre temuto ai tempi del campus, è stata una decorazione per me. Succede. Ed è successo nella mia vita.

Mi hanno detto: "Sei un essere umano grezzo" per raggiungere l'accademia con molti sogni.

Non sapete quale rigoroso addestramento vi aspetta. Imparate a sostenere il carico di formazione fisica e in aula.

Dimenticate che state dormendo nel vostro letto d'ostello alle 7 del mattino e i vostri amici vi spingono con i gomiti: "Svegliati, sono le 7". Abbiamo una lezione alle 8". Qui, dalle 5 del mattino alle 8 di sera, ogni ora è una lezione. No, caro amico, la tua giornata inizia con "Fall-in for PT" alle 5 del mattino. Quindi, sveglia alle 4.30. Preparatevi immediatamente alle esercitazioni e al maneggio delle armi. Alle 8.45 si viene sollevati per le abluzioni e la colazione. Affrettatevi a tornare alle vostre lezioni al coperto alle 9.15 in punto. Fino a pranzo immergetevi in IPC, CRPC, diritto delle prove e vari atti. Il vostro cervello potrebbe soffrire mentre vi addentrate nel labirinto della Storia della polizia e delle scienze forensi. Rendi il tuo cervello fresco e ascolta avidamente le leggi contro lo stupro, la giustizia minorile e il grande duo di parole "Law and Order".

E, per la prima volta nella vostra vita, vi trovate faccia a faccia con tutte le creature più temute: gli uomini del CBI, dell'IB, dell'FFRO, della NIA e dell'NSG.

Poi c'è una parola frizzante, "Pranzo". Anche il pranzo è pieno di clamore, sebbene disciplinato, in relazione alle discussioni, alle lezioni, ai feedback a bassa voce e sempre alle lezioni!

E dopo pranzo? Non c'è possibilità di rilassarsi o di fare un pisolino di cinque minuti o un sonno da cani. Alzarsi di nuovo per due lezioni nella sessione serale: nuoto, equitazione o tiro a segno. Amico, questo outdoor è il più difficile di tutti.

La preparazione per questo non è così semplice, amico. Per ogni lezione, dovrete indossare le nuove uniformi. Si indossa e si toglie sempre di fretta. La serata è un enigma.

Ehi, sei stato chiamato per una cena formale con i tuoi senior. Ma siete così emaciati che la cena, per quanto sontuosa, non potete gustarla. Oho! La cena è anche allietata dai consigli che gli anziani riversano nelle orecchie.

Caro futuro ufficiale dell'IPS, ora stai cullando il sonno, proprio alle 10 di sera, perché devi alzarti dal letto alle 4.30 in punto del mattino successivo.

Il prossimo, il prossimo e il prossimo ancora; la stessa routine. Oh, una cosa che ho dimenticato di dirvi.

Il loro è un prologo al vostro drammatico arrivo.

Permettetemi di condividerlo con voi.

Appena arrivati, si è entusiasti di incontrare un nuovo gruppo di compagni di corso provenienti da tutta l'India, persino dal Nepal, dal Bhutan e dalle Maldive. Vi vengono spiegate le regole da seguire e quelle da non seguire. La giornata è intensa: i membri della facoltà vi accolgono e voi li accogliete per cortesia. Il direttore dell'Accademia vi dà il benvenuto; vi sentite euforici.

Volete esibirvi in questa arena? Aspetta, c'è un rituale. Il barbiere appare dal nulla per ridurre i capelli e le scottature laterali. Il sarto è pronto a misurare rapidamente la vostra uniforme. Nel frattempo l'ora di pranzo scorre veloce. Finisci il pranzo e devi leggere un voluminoso manuale di outdoor. Piani d'azione per i giorni futuri. Ricordo la serata come triste. Il primo giorno ho dovuto subire una punizione. Mi sono state rivolte diverse domande, ma non sono riuscito a leggere il manuale così velocemente. C'è stata la prima minaccia: Il primo giorno sarà ricordato da te (con la punizione). Indovinate cosa potrebbe essere: Era una corsa di 5 chilometri! Il mal di corpo mi ha accompagnato per 5 giorni.

Quindi, per me, la giornata è stata speciale e unica a modo suo. Tuttavia, ammetto che l'allenamento mi ha reso forte fisicamente e mentalmente. Nel giro di 6 mesi, il mio stile di vita è cambiato totalmente. Siamo stati protetti dai nostri genitori. È stato quindi difficile per noi uscire dal bozzolo della sicurezza. L'addestramento rigoroso ha fatto emergere il "baboo" (figlio dolcemente accarezzato) che è in me. Mi ha dato una forza che non posso descrivere nella mia lingua. Ho imparato il cameratismo, lo spirito di squadra, l'integrità e la lealtà verso la mia bandiera, il mio Paese. Mi hanno reso ciò che sono. Ora non ho alcun timore per l'arrampicata in fune.

Prima di arrivare all'addestramento in Accademia, avevo finito di leggere il diario di un ufficiale di polizia straniero. Ero terribilmente impressionato. Questo è l'altro lato della mezzanotte. Ricordo ancora alcune battute. Quelle parole mi rodono ancora.

"Dopo 30 anni passati a salire e scendere da un'auto e da una moto della polizia, tra risse, incidenti, cadute e altri traumi fisici, ho il corpo di un ottantenne e ho solo 61 anni. Ho dolori costanti di un tipo o dell'altro che influiscono negativamente sulla mia qualità di vita. Diverse notti alla settimana soffro di incubi che devono essere collegati alle cose che ho visto...".

Sono solo in stretto accordo con i suoi "incubi". Dopo i giorni di prove e di duro allenamento all'aperto eravamo morti come il fango. Ci addormentavamo in pochi secondi, appena ci sdraiavamo sul letto il sonno arrivava con la sua mano gelida. Il giorno era così frenetico con numerose attività, la notte era solo un deserto abbandonato, i corridoi della nostra mensa sembravano un luogo infestato. Buio, buio, ovunque.

Ho avuto l'opportunità di interagire con un P.S. quando ero in una multinazionale, il mio primo incarico. È stato colto di sorpresa.

"Sei fuori di testa? Sei un ingegnere, un laureato in Management, e scegli di mettere la tua gamba nei panni di un agente di polizia? Il nome è affascinante: noi lo chiamiamo IPS. Ma conoscete i rischi della formazione? Questo bravo ragazzo dall'aspetto gentile sarà un IPS? Pensate prima, guardate prima di saltare".

Ho annuito con approvazione e ho chiesto consigli alla sua conoscenza ed esperienza. Si calmò e iniziò a versare.

"La vita diventa molto veloce una volta entrati nell'OTA (Officers' Training Academy). Sarete sottoposti a un'attività di rogering che vi permetterà di diventare forti fisicamente e mentalmente. Il pensiero civile sarà rimosso dalla vostra mente. Tutti sosterranno la vostra felicità e presto inizierete a goderne.

La sessione che il vostro senior svolgerà farà nascere la fratellanza tra i compagni di corso.

Vivrete la vita che avete sempre desiderato.

Il vostro corpo e la vostra mente cercheranno di rinunciare a un po' di tempo.

Ci sarà uno sviluppo a tutto tondo della vostra personalità.

Imparerete giochi, nuoto, equitazione.

Imparerete a vivere come un re e allo stesso tempo vi rotolerete nel fango.

Non riuscirete nemmeno a sapere quando i giorni finiranno.

Le settimane passeranno come giorni. Dovrete ricordare le seguenti parole...

- 'ustaad' -
- esercitazione di squadra
- esercitazione con la spada
- trapano a canna
- controllo dei disordini
- licenziamento
- percorso ad ostacoli

Ma ne trarrete beneficio in molti modi:

Armi, MP5, AK, LMG e persino mortai - i tirocinanti avranno l'opportunità di usarli e di essere addestrati.

Gli agenti vengono portati in vari luoghi di lavoro

esercito, paramilitari, NSG, con la polizia del Punjab

numero di cene ufficiali.

- Una maratona completa - 42 Km (per partecipare)

"La vita era modellata come l'addestramento militare di base, con molte ore di lezione in aggiunta all'allenamento fisico.

Tutto era molto specifico, a partire dal modo in cui prendevamo gli appunti, al formato dei quaderni (che venivano ispezionati regolarmente), al modo in cui rifacevamo i letti, all'ispezione quotidiana di tutto: uniformi, scarpe, letti. L'addestramento fisico era rigoroso, l'istruzione in classe era rapida e approfondita. Dovevamo imparare in fretta, studiare la sera, utilizzavamo gruppi di studio, gli istruttori ci spiavano mentre eravamo nel quartiere attraverso l'impianto di amplificazione e il cibo lasciava molto a desiderare. C'erano dei consulenti che ci aiutavano a imparare, ci facevano muovere, ci davano accesso alla biblioteca per ulteriori ricerche, studi e così via. Persino la spaziatura nei nostri schemi sul quaderno.

Ma non siate idealisti nella vostra formazione o azione.

- Avevamo sentito dire, un idealista, secondo in comando, intelligente e

presentabile ... ha perso la vita.

- IPS in prova (forse il Ministero degli Interni non voleva che gli IPS

i probandi vengano uccisi durante l'addestramento) sono sempre a rischio.

- Il comandante della CRPF è stato ucciso in un'imboscata (questa è la

tragedia). Per noi, l'attaccamento all'esercito e ai paramilitari è stato solo un'esposizione di due mesi. Per i soldati, la vita nell'insurrezione è una battaglia quotidiana con la fatica, la noia e il pericolo costante. Per i civili è un incubo sempre presente.

- SVPNPA è un campus incredibile. (Mi ha mostrato delle foto).

Questo è il cancello principale. Sul muro c'è una citazione: "Polizia sensibilizzata, società responsabilizzata", che è il motto del servizio. Il cancello è completamente a prova di sicurezza CISF.

Parte 2 - Nuovo complesso indoor dell'Accademia. Dispone di campi da badminton, squash, palestra e ping-pong, nonché di un'area per l'aerobica.

Parte 4-5 - Si tratta della prestigiosa piazza d'armi dove si svolgono i programmi del 26 gennaio, del 15 agosto e di altre occasioni speciali. È il luogo in cui si svolge la parata di consegna e si presta giuramento di servire la nazione al meglio delle proprie capacità.

Parte 6 - Piazza Michelangelo. Questa pietra ha una riga scritta sotto di essa che dice:

"A un certo M., lo scultore, è stato chiesto come fa gli statuti e lui ha risposto che è lì nelle pietre e che si limita a scolpire gli agenti di polizia per la nazione".

Parte 7 - Piscina costruita secondo gli standard internazionali. Ha anche il padiglione per i programmi di incontri acquatici.

Parte 8 - Uno dei percorsi naturali dell'accademia. Il cibo è buono/la colazione è così sontuosa e nutriente che si può sopravvivere per tutto il giorno. Il pranzo è buono, la cena anche.

Avete 11 mesi di Fase 1 di formazione.

6 mesi di formazione in un distretto del proprio quadro.

Indossare abiti nuovi in occasione di Holi o Diwali era un'usanza.

Avete strutture di formazione all'avanguardia per gli ufficiali IPS, senior e junior.

Il P.S. si fermò per un attimo, poi chiese, piuttosto indifferentemente: "sopporterete il P.T., la Palestra, le corse campestri fino a 20 chilometri, l'atletica, vari tipi di sport". Dovete fare nuoto, esercitazioni, equitazione, esercitazioni di primo soccorso e di ambulanza, esercitazioni sul campo e tattiche?".

Era scettico.

Solo pochi giorni fa l'ho incontrato dopo aver completato con successo la mia formazione. Mi ha dato una pacca sulla schiena. Ora è su una posizione più elevata.

La mia compagna di banco Bidisha mi guardò: "Povero figlio di un grande padre, bello, attraente, un killer di donne al primo sguardo, come farai a finire i 20 chilometri di corsa?".

"Mia Laila, come farai a togliere le pietre sulla tua strada, dicendo solo 'apriti sesamo'? Prima di tutto, fai la corsa a ostacoli", ho replicato. Bidisha era una ragazza tutta sorrisi. La sua risposta è stata molto interessante: bachcho, potresti scrivere un 'romanzo d'amore sano' o come scrivere una scena di sesso da urlo".

Non sono rimasto a corto di parole. Ho detto: "L'odore del tuo profumo, il morbido odore di arancio del tuo balsamo mi fanno girare la testa. Scriverò il primo capitolo oggi, quando i corridoi saranno silenziosi, solo il soffice mormorio dei tuoi piedi sarà trasportato dal vento... Mi sveglierei di soprassalto...?

"Ha, Ha, Ha! Fermati, amico. Gli Ustaad sono ovunque".

Spesso, quando ero immerso in me stesso, lei veniva in punta di piedi e sussurrava: "Credo che ci sia una ferita in te, ragazzo, dimenticala". Perché perdi tempo a leccarlo. Dimenticate i capitoli lasciati al vento a svolazzare. Si consumeranno, marciranno e si ridurranno in polvere".

Rimasi in silenzio. Improvvisamente, sono stato scavato dalla tristezza. Ho sospirato profondamente. Mi si è addensata la gola. Perché lo dice? Anche lei soffre? La conversazione fu interrotta. Regole, disciplina, regole. Nessuna violazione del movimento disciplinato. C'erano stati dei getti d'erba in giro. Potreste essere colti di sorpresa e subire una punizione.

Ci siamo avvicinati due volte. Erano i momenti d'oro che avevo apprezzato. Erano momenti di sentimenti contrastanti. La prima occasione si è presentata quando ci siamo incontrati durante il nostro Bharat Darshan Tour.

È stato un viaggio di gala all'aperto in cui abbiamo incontrato un gran numero di agenti di polizia di vari dipartimenti. È stato un momento di immensa gioia e di grande apprendimento. Ci siamo scambiati pensieri, abbiamo discusso di questioni vitali, della diversità culturale, della cucina speciale della gente locale. Per la prima volta nel nostro periodo di formazione, eravamo liberi di girare per i mercati. Nessuno si opporrà alla vostra esplorazione delle colline, delle regioni costiere, della vita selvaggia e dei santuari della fauna selvatica. Carichi e discorsi in sospeso, emozioni e dispiaceri scaricati sono venuti a galla. Eravamo così felici. Felice perché.

È stata una pura fortuna avere un'amica come Bidisha al mio fianco. Era più felice perché ci veniva insegnato come funzionano le cose. C'è stata anche (inclusa nella formazione) una corsa frenetica da un ufficio all'altro... imparando la gestione del traffico, la polizia comunitaria, la collaborazione con il personale forestale. L'India è un Paese molto vasto, dove dalle piantagioni di tè alla pesca è coinvolta una grande massa di popolazione. Dovete essere parte di loro. Dallo stupore alla meraviglia, dalla bellezza pura alle misteriose glorie del passato. Questo ci ha "aiutato" a diventare l'architetto del futuro. Mantenere il Paese meraviglioso come è e la sua sovranità non è stata intaccata, è stata la nostra priorità di apprendimento.

Qui, in una notte di luna, Draupadi è venuta da me, come se fosse in persona. La luna pendeva bassa nel cielo. Ha allagato tutto sulla lunghezza sottostante. Non sapevo quando Bidisha si fosse insinuata al mio fianco, sfuggendo agli altri... Ero assorto a ruminare il mio passato con Draupadi.

"Vedi, il mondo si è addormentato nel bianco del marmo. Lo definiresti lattiginoso". Dissi dolcemente.

"L'aria era fresca e frizzante. Gli alberi vicini frusciavano allegramente. Sono rimasta incantata", ha aggiunto.

"Hai mai visto l'albero su cui sei salito e hai pianto per le mie mani, sotto questa piacevole luce lunare?".

"No, non l'avevamo fatto". Draupadi si è giustificata sorridendo.

"Aspetta, verrò sotto un cielo in cui le stelle brilleranno come diamanti". Draupadi abbagliò la volta celeste.

"Draupadi, è verità o illusione? Draupadi, dove sei? Ero impazzito, alla ricerca di te! Draupadi, per favore, vieni a ballare come Chitrangada che ha ipnotizzato tutti sul palco. Draupadi, dove sei?".

"Sono in volo, sto scendendo dalla luna proprio ora: tu aspetta lì. Non siate cattivi. Non mordermi le labbra per farle sembrare sporche di sangue. Ti pianterò un morbido e fresco frullato sulle labbra...!".

"Ha, Ha, Hah!"

Bidisha esplose in un'ampia risata soffocata.

Ha commentato, come se mi pungesse.

"Terzo Pandava, che ne è della tua Chitrangada, la Draupadi terrena?".

Rimasi in silenzio.

"Hey, aap kya kho gayen" (Hey, ti sei perso?)

"Il mio viso è diventato più bianco di prima. Non avevo ancora nulla da dire".

"Il Romeo, sotto il muro? Salita. È sul balcone".

"Barhuddar, (mio giovane ragazzo dal cuore tenero) come hai tenuto la tua Draupadi sotto i giubbotti antiproiettile?".

"Bidisha, guarda la luna che oscura e illumina ogni foglia dell'albero: lì c'è Draupadi".

"Ragazzo, dimentica tutte queste divagazioni amorose. Essere una noce dura da non rompere. La realtà è dura".

"Bidisha, hai visto l'albero di palma da dattero?".

"Sì, certo".

"L'impiallacciatura copre l'esterno grezzo e grossolano, ma l'interno è pieno di un succo, succulento e sano".

"Mi sono imbattuto solo in quelli rozzi e grossolani. Il succo succulento è un sogno", ha risposto Bidisha con un pesante sarcasmo. Vidi che provava una rabbia bruciante. Era stata abbandonata da qualcuno? Ho sentito l'odore di qualcosa, di qualche dolore o ferita per cui si era lamentata. Ma non ha mai aperto le porte del suo cuore".

Dissi dolcemente, "le pozze, quando sono asciutte, mostrano una frattura fangosa in estate, ma danno un benvenuto effusivo alle piogge e sorridono via i resti della corrente d'aria dalla terra". Ho detto: "Togliete tutte le macchie degli anni precedenti, pulite la ruggine e siate freschi per accogliere una vita più fresca". Ma l'intero arco della vostra vita ha avuto affetto, amore, cure e benedizioni, non siete d'accordo? Non si trattava di semplice polvere, ma di oro per abbagliare in futuro. Avete raccolto il frutto dei semi seminati in passato, avete imparato la lezione dai vostri fallimenti, avete imparato a cancellare i dispiaceri e a sorridere di nuovo. Non è vero?"

Bidisha rimase per un attimo sconcertata. Poi si alzò dalla tomba. Singhiozzava, ma ricordo alcuni versi della poesia di Jibananada Dash, il mio poeta preferito, dopo Tagore", dissi, per riportarla in vita:

"Niente poesia, per favore. Sono disgustato". Bidisha sembrava provare un filo di malinconia.

"Disgustate la primavera, il cinguettio degli uccelli, la vegetazione in germoglio, i fiori divinamente sorridenti?". Chiesi prontamente.

Bidisha si sedette calma e composta. Ho iniziato a recitare la poesia in traduzione.

"I suoi capelli erano come un antico

notte a Bidisha,

Il suo viso, la maestria di

Shravasti. Come il timoniere quando,

Il suo timone si è rotto, lontano sul

Mare alla deriva

Vede la terra verde come l'erba di un

L'isola della cannella, proprio così

attraverso l'oscurità l'ho vista.

Disse lei: "Dove sei stato così a lungo?".

E alzò gli occhi a nido d'uccello...

Bidisha saltò in aria come per raggiungere il cielo e mi chiese, "Dove sei stato così a lungo?". Poi si è dissolta nell'oscurità.

Mi sono seduto stordito sotto un cielo infinito. Ho chiesto alle stelle: "Cosa vuol dire?" Le stelle hanno solo scintillato. Il giorno della nostra sfilata di addio, Bidisha mi ha regalato un eterno sorriso, ha infilato le mani in tasca e mi ha consegnato un biglietto di carta. L'ho letto più tardi.

Strano! Era una poesia di Elizabeth Barett Browning! E?

"Come ti amo? Lasciatemi contare i modi.

Ti amo in profondità, in larghezza e in altezza

La mia anima può raggiungere, quando si sente fuori dalla vista

Per i fini dell'essere e della grazia ideale.

Ti amo al livello di ogni giorno

Il bisogno più tranquillo, alla luce del sole e delle candele

Ti amo liberamente, come gli uomini si impegnano per il bene;

Ti amo puramente quando si allontanano dalla lode.

Ti amo con la passione messa in pratica

Nei miei vecchi dolori e con la fede della mia infanzia.

Ti amo con un amore che mi sembrava di aver perso

Con i miei santi perduti. Ti amo con il respiro,

Sorrisi, lacrime, di tutta la mia vita; e se Dio vuole

Non potrò che amarti meglio dopo la morte".

Ho capito che la vita non è una favola raccontata da un idiota, ma è piena del latte della gentilezza umana.

Bidisha è stata una mia grande amica, dico "grande" perché è apparsa come un'amica, una filosofa e una guida durante il mio periodo di formazione. Quando sono stato ferito durante le prove di equitazione, lei mi ha curato, non come un semplice co-combattente, ma come un Homo-Sapiens pienamente interessato.

È una strana coincidenza che entrambi i nostri legami con una forza para-militari in una regione collinare infestata dall'insurrezione, fossero nello stesso gruppo di personale CRPF sotto un comando CRPF.

Ci siamo uniti al comando e abbiamo riso a crepapelle. Mi ha fatto la stessa domanda: "Dove sei stato così a lungo?". Le ho detto: "È un destino conoscerti. Ma questo è un compito ingrato che potrebbe richiedere la vostra vita".

Non posso perdonarmi di aver detto la verità.

Il comandante del campo ci ha informato.

"Fate attenzione. Non si può semplicemente salire su un'auto e andare in giro. Solo per uscire dal campo, si deve andare in un convoglio di almeno 3 veicoli. La parte anteriore è tipicamente una zingara aperta con una mitragliatrice leggera montata sopra, seguita dall'auto in cui viaggiano gli agenti e, nella parte posteriore, da un veicolo a prova di mina con una mitragliatrice. In tutto, almeno 15-20 soldati sarebbero presenti anche per il più piccolo dei movimenti".

"Se è previsto un movimento di un convoglio, una squadra di soldati viene inviata in anticipo la mattina presto per controllare se la strada è libera da ordigni esplosivi improvvisati. Quindi, circa 10 uomini percorrevano l'intera distanza a piedi, distribuendosi lungo la strada su entrambi i lati alla ricerca di cavi, scavi freschi o qualsiasi cosa sospetta. Le loro vite sono ovviamente in pericolo. Inoltre, possono camminare per 20-30 chilometri su un terreno collinare. Come si fa a percorrere una distanza così ampia mantenendo un'attenta vigilanza sui cavi o su piccole cose del genere? Alla fine era tutto nelle mani dell'Onnipotente (o della Fortuna)".

(Tratto dall'esperienza di un ufficiale. Nome non divulgato)

Tornati in noi, ci guardammo negli occhi. Le sue battute non sono finite. Mi ha detto: "Ehi, Arjuna". E mormorò: "Questo è semplicemente brandire la spada in aria. Ma sei destinato a farlo".

Mi sono unito al suo sussurro: "Chi è il nemico? Dov'è il nemico? Sono la nostra stessa gente, anche se cittadini fuorviati o scontenti. Stiamo caricando contro il mulino a vento, come Don Chisciotte.

"Signor pensatore scientifico-sociale, si tenga pronto ad eseguire gli ordini. Non è consentito fare domande. Lei è fedele alla nazione in tutto e per tutto. Sei stato addestrato per questo".

"OK. Ma il fatto è che il nemico può essere ovunque e da nessuna parte. Molto rischioso". "Come prendere di mira un nemico fantasma?".

"L'assunzione di rischi è il vostro mantra. Dovete esserne animati".

"Non c'è un'alternativa a questo conteggio di teste?".

"Sh h h! Sareste coinvolti in una sedizione. Lei è un ufficiale esperto. Dovete esercitare le vostre capacità. La guerra continua, continua. Abbassate il più possibile".

Il giorno che non posso dimenticare. Era quanto di più fatale potesse esserci.

Siamo stati inclusi in un gruppo di raid notturni in un lontano villaggio collinare, sospettato di aver dato rifugio a un temuto militante sulla cui testa c'erano cinque lakh di rupie.

Abbiamo iniziato alle 3 di notte. Era buio pesto. Abbiamo dovuto percorrere sentieri sconnessi e sassosi, in qualche punto non c'era alcun sentiero (rintracciabile), in qualche punto una ripida salita fino a tremila metri di altezza costellata da erba spinosa e labirinti di cespugli. In realtà abbiamo preso una scorciatoia, senza che un briciolo di suono potesse far scatenare cani randagi, sciacalli o altre creature notturne. Ma non sapevamo dove mettere i piedi. Abbiamo evitato con cura i fossati. Eravamo completamente spaventati, anche se il nostro spirito era alto. Abbiamo preso le ombre per uomini. Ogni ombra era un nemico.

Abbiamo parlato in silenzio con Dio, ma Dio ci ha presentato un nullah o un piccolo fiume. Siamo stati costretti a guadare acque profonde fino al petto con una temperatura di meno sei gradi. Scossi, quasi congelati, attraversammo il fiume e raggiungemmo l'altra sponda, vicino alla periferia del villaggio, da noi ricercato. È difficile immaginare come ci siamo mossi, con il nostro pesante copricapo antiproiettile o "patka", un berretto cilindrico difficile da indossare a lungo. Era un fastidio essenziale.

Non sappiamo quale data o quale quindicina di giorni fosse; siamo rimasti sorpresi quando la luna è spuntata all'improvviso permettendoci una visibilità fino a un chilometro. Ci siamo arrampicati, abbiamo tirato un profondo sospiro e ci siamo tolti il copricapo, infastiditi per un attimo dalla pesantezza del carico. Volevamo rilassare il collo e la testa pesante. Feriti dal berretto, tenemmo i nostri fucili con una mano e con l'altra la "Patka" appena sgozzata e ci arrampicammo. Bidisha era un'ufficiale altamente qualificata, esperta nel superare molti ostacoli. Abbiamo visto la testa nuda di Bidisha, profondamente annerita da una treccia di capelli, così orgogliosa del suo possesso, che si arrampicava. La luce della luna bianca e candida la colpì e all'improvviso, senza darle la possibilità di reagire, Bidisha fu colpita da un proiettile sulla testa nuda. Ci siamo posizionati dietro enormi pietre e abbiamo fatto scendere l'attaccante. Questo ha fatto infuriare i nostri compagni della CRPF. Hanno inseguito il possibile covo nemico, hanno distrutto 3/4 case nelle vicinanze, uccidendo civili disarmati... e del resto non si può parlare. Il resto è stato un caos.

Bidisha ha lottato per la sua vita nell'ospedale militare. È stato ordinato il trattamento migliore. Il Ministero dell'Interno, nelle sue istruzioni per filo e per segno, ha avvertito che non ci sono state vittime tra gli agenti in prova. Ma la tinta è stata gettata.

Bidisha è sopravvissuta per 4 giorni. 4 giorni in cui la nostra unità ansiosa è andata avanti con la rabbia repressa e la promessa (anche se silenziosa) di vendetta. Eravamo molto preoccupati per Bidisha, la compagna di banco dal buon umore, intelligente, abile e sempre sorridente, che stava gradualmente sprofondando in un altro mondo.

Il quarto giorno mi chiamò. Voleva che nessuno si trovasse nella sua cabina.

Bidisha mi guardò. Il calore della sua pelle sembrava penetrare nel mio cuore.

"Caro sognatore, caro Arjuna, dove sei stato,

così a lungo? Poi si mise a recitare in silenzio:

"Una cosa bella è una gioia per sempre.

La sua bellezza aumenta, non sarà mai

Passare nel nulla; ma noi continuiamo a

Un pergolato tranquillo per noi, e un sonno

Pieno di sogni d'oro, di salute e di

respiro tranquillo......

Molti e molti versi spero di scrivere,

Prima delle margherite, vermeil rimm'd and white,

Nascondersi in un'erbetta profonda e prima che le api

Canticchiare sui globi di copertura e sui piselli dolci

Devo essere quasi a metà della mia storia.

Oh, che non ci sia una stagione invernale, spoglia e brumosa,
Vedetelo finito a metà: ma che l'autunno sia audace
con una sfumatura universale di sobrio oro,
Siate tutti su di me quando finirò...

Questa Bidisha non era a metà, ma alla fine della sua storia. Ho pianto a lungo, ho ricordato le sue battute in diretta e i suoi "giochi di parole" in frasi ben strutturate. Ho conservato il suo pezzo di carta con le due righe di E.E. Cumings: "L'amore è più denso del dimenticare, più sottile del ricordare...".

Ora mi trovo in una regione collinare, in viaggio da un luogo all'altro. Sempre in guardia, sempre all'erta, il mio "caro" cuore è protetto da un pesante giubbotto metallico; sono circondato da soldati dall'aspetto inquietante, sempre in piedi consumati dalla paranoia. Ho circa cinque o sei stazioni di polizia sotto la mia giurisdizione. Sono il giovane ASG, sovrintendente aggiunto di polizia, ben vestito e rasato, che porta con sé un carico di dolore sotto gli abiti esterni. Seguono i giorni. Le notti chiamano le albe. La primavera arriva e libera gli alberi dalla neve. Gli uccelli cinguettano. I fiori sbocciano. (Allo stesso tempo molti fiori appassiscono) Sono un robot di routine.

Una mattina mi stavo muovendo pesantemente sorvegliato da un convoglio. Con mia sorpresa o allucinazione, non so, vidi Draupadi solo per una frazione di secondo. Il mio cuore batteva forte sotto il giubbotto. Per motivi di sicurezza non potevo fermarmi qui. Alcuni scorci di ragazzine, con i capelli ordinatamente intrecciati, mi sono balenati agli occhi e poi sono scivolati dietro i boschetti.

Ho provato solo una profonda disperazione.

Draupadi è passata. Bidisha è morta chiedendomi "dove sei stato così a lungo?".

E oggi, il fantasma di Bidisha o di Draupadi? No, Bidisha era una mia buona amica. Mi piaceva, mi affascinava. Ma l'amore? Se fosse stata in amor, non ne ho avuto notizia. L'ho vista come una ragazza intelligente e battagliera, ma anche espressiva, sgargiante e coraggiosa.

E Draupadi?

Come posso dimenticare quella giovane ragazza in erba? Vedendola, lessi il "Ratisanjibani" proibito di Jayadeva in una notte aggressiva,
>"Nella separazione dei capelli
>Sopra gli occhi e le labbra,
>Nel morbido pendio del ventre,
>nei capezzoli, nell'ombelico
>Sul lato dolce dei fianchi,
>Dove abita l'amore, sopra la pelle dei suoi polpacci...".

È solo la fame di carne? La carne è disponibile qui, a portata di mano. Ma Draupadi non lo è.

Non riuscivo a dormire la notte. Ogni momento sentivo i suoi passi; vedevo il suo volto luminoso nell'oscurità, i suoi denti ammalianti e bianchi come ostriche che disegnavano un sorriso scintillante... Ma come mai Draupadi è qui?

Il mattino seguente mi sono recato nell'area del parco con un convoglio. Ho optato per l'acquisto di merce per le necessità quotidiane. I soldati brontolarono ma non protestarono. L'ufficiale comandante a cui ero legato me lo permise con un cenno del capo. Ma solo per mezz'ora.

Sono entrato in una scuola, immagino gestita dai missionari. Che ambiente incantevole! La mattina mi ha ricordato i giorni della mia infanzia. Belle ragazze che si divertono, si scatenano, litigano a mezza voce - chi possiede per primo i giocattoli - e centinaia di labbra che si accordano con la musica di jingle aritmetici uniti, frammenti di filastrocche - che pronunciano parole e non ci riescono... che vengono rimproverate per aver dimenticato di portare le bottiglie d'acqua...

E lì rimasi sbalordito nel vedere Draupadi, una donna completamente sviluppata, bella e sicura di sé! La danza di Chitrangada - sottile, elegante e con i suoi attraenti "mudra".

Draupadi era stupefatta. Con lo sguardo inorridito, la donna corse subito dentro. Lì, nella sua piccola stanza, rimase in piedi ansimando.

Chiesi come un ragazzo sciocco: "Draupadi"?

Una signora anziana, probabilmente di origine ibrida - padre inglese e madre nativa - uscì con uno sguardo curioso.

"Sì? Vuole qualcosa, signore? Qualche interrogatorio? Questa è una dimora di Dio. Questi sono i figli di Dio. Non diamo rifugio a nessun terrorista in fuga". (Lancia uno sguardo terrorizzato ai jawans presenti, un gruppo misto di polizia e CRPF).

Venga nel nostro ufficio Signore, "Non c'è di che".

Ho fatto cenno ai soldati di distribuire i cioccolatini ai bambini. Per il timore di un'imminente operazione di ricerca, la campanella della scuola ha suonato per la fine della giornata di lavoro. L'anziano preside, visibilmente preoccupato, ha chiesto gentilmente: "È venuto qui per qualche giro di vite, signore?". La sua voce si è incrinata; mi ha lanciato un rapido sguardo nervoso. Ha sentito davvero un brivido di panico.

Le ho chiesto di stare tranquilla.

"Sono venuto qui in cerca di una ragazza, un membro scomparso della mia famiglia. Il suo nome è Draupadi".

"Non c'è nessuna Draupadi qui. Forse hai avuto una soffiata sbagliata", scrollò le spalle.

"Ne sono sicuro al cento per cento, mia venerata mamma. Pochi minuti dopo l'ho vista".

"Oh Dio! Non posso essere quella ragazza. Lei è Maria. È una docente qui. Doveroso, onesto e splendidamente cortese. Lei è Maria, statene certi".

Ho sorriso. Il mio sorriso ha reso la signora un po' agitata.

"La chiameresti in ufficio? Dove vive?"

"Vive qui. Si prende cura di me. Una laureata, di una notevole agilità e dedizione al lavoro. Ma è sempre triste, tranne quando è con i bambini. Maria-a-a-(la chiama)

La sua voce flebile risuonava solo flebile. Maria non appare.

"Oh, forse è in bagno. Chiedo scusa".

"Posso venire un altro giorno? Non con questo convoglio?".

"Cosa devo dire? È un tuo ordine, devo obbedire".

La mia mente era assorta. Tante domande si scontravano l'una con l'altra. Come ha fatto Draupadi ad arrivare qui?

La mattina dopo sono partita all'avventura. Convinsi il mio ufficiale in comando che avevo sentito puzza di bruciato nel funzionamento della scuola. Mi sono avventurato senza uniforme per non creare panico. Le mie forze erano anche nei vicoli, nelle strade secondarie e nelle mahallas vicine. Sono entrata nei locali della scuola tenendo per mano una bambina che sono riuscita a portare con me. Il pretesto era: Ero venuto a scuola per farla ammettere.

La direttrice mi accolse con un viso solcato, come se qualche coltello affilato avesse affondato i suoi piccoli occhi lucidi, e rallentato i suoi movimenti.

Ho lanciato un'occhiata di cortesia, ho chiesto il permesso di sedermi, ho fatto sedere la mia bambina vicino a me e poi ho iniziato il mio interrogatorio (anche se non era affatto un interrogatorio).

"Posso essere scusato. Ho il dovere di interrogare la ragazza, con quale nome l'ha chiamata? Maria? Ok, per favore chiamala. Non mi piace usare la forza inutilmente", ho guardato il viso della signora con l'aspettativa che si spaventasse a far comparire Maria davanti a me.

Ma non ha citofonato. Invece, si è seduta a borbottare. Dio la salvi. Non è una criminale e nemmeno un'estremista, è una ragazza pura. Nessun peccato l'ha toccata. Amen!

"Ok, chiedile di venire prima di me. Deve affrontare l'inquisizione".

"Credo che sia innocente, non può aver commesso alcun crimine...".

"Ma vedere non significa credere. Dobbiamo scavare. Come e da dove è venuta. I giorni sono cospirativi".

"Nessuno sa quale agenzia lavora qui. Chi sta dietro a chi?".

"Non puoi risparmiare l'istituzione dei miei piccoli angeli?".

"Non danneggiamo nessuna istituzione educativa. State tranquilli".

Il preside chiese a un suo collaboratore di chiamare Maria nell'ufficio del preside.

Maria si affrettò a tornare dalla sua classe.

Ora aveva un'aria disinvolta. Ma il significato del suo sguardo poteva essere letto solo da me.

"Prego, sedetevi".

"La mia classe è senza insegnante".

"Lasciate che altri lo riempiano".

"A cosa servo qui?"

"Lasciate che vi chieda innanzitutto: cosa siete, come e perché siete qui?".

Maria (Draupadi) guardava con i suoi occhi vacui, privi di sorriso, stanchi. "Ok, che contrasto con i suoi occhi squisiti!".

"Ti ricordi di me, Draupadi? Ricordi la notte buia come la pece e noi, sotto l'ombra delle apparizioni, io che mi arrampicavo su un enorme albero, tu che mi imploravi di scendere, che piangevi a dirotto, Draupadi?".

"Io sono Maria. Non Draupadi. Non ho ricordi".

"Non tergiversare Draupadi. Stai ingannando te stesso".

L'anziana signora interviene: "È Maria, una Gal cristiana. Non può essere Draupadi, signore".

"Rispettata Ma'm forse sai che ci sono più cose in cielo e in terra, Orazio, di quante ne sogni la nostra filosofia". Non sappiamo che non sappiamo. La lasceresti da sola in questo colloquio?".

(La signora si ritira a malincuore)

Lancio uno sguardo completo a Draupadi. I suoi occhi premurosi calmano i miei nervi eccitati. Ammetto di essermi sentito sconcertato poco prima.

Pronunciai dolcemente il suo nome: "Draupadi".

Sembrava umiliata. Teneva gli occhi in modo tale da trattenere le lacrime all'interno delle palpebre.

"Perché non mi riconosci? Cosa ti impedisce di dichiarare che sono tuo marito, che sono il tuo Nirban?".

"Draupadi è morta. Sono Maria, una ragazza cristiana, non un'indù".

"OK. Ma dimmi, qual è la storia del tuo essere cristiano?".

"Questo porterà qualche cambiamento? Ho dedicato la mia vita a Cristo. Perdonatemi per questo. Dimentica Draupadi".

"Non ho ancora ricevuto la mia risposta. Qual è la storia che c'è dietro? Prima di tutto, confessa di essere mia moglie, Draupadi".

"Lo era stata, una volta. Ho dimenticato quei giorni".

"Solo nell'arco di sei anni? La memoria è così fragile?".

"Chiediti dove eri quando sono stata venduta a quel noto dissoluto di Tribhuban, da tuo padre 'brahman'? E' un devoto brarhman, non è vero?". Si è girata con decisione.

"Qui giaccio posticcia davanti a voi. Ascoltate. Mi trovavo nel mio istituto per preparare l'esame finale di Management. Ho cercato disperatamente di chiamarvi, di ricevere una vostra chiamata, ma non c'era nessuno che mi chiamasse o che ricevesse la mia chiamata. Mi precipitai a casa, ma fui catapultata in un mondo di incomprensioni. Nessuno ha rivelato il segreto. Nessuno ha aperto bocca. So per certo che è stato proprio mio padre a redigere la bozza di questo piano. Sono andato qua e là, ho visitato la vostra casa, la stazione di polizia, ho incontrato tutti i miei amici e parenti. Oh Dio! Non c'era nessun indizio, nessun segno di Draupadi. I suoi genitori erano scomparsi. Il salone di suo padre è stato saccheggiato. La gente diceva che il salone era un covo di armi gestito da tuo padre!".

Sono diventato eccessivamente emotivo.

"Quindi hai creduto a tutte queste accuse infondate? Non ti sei soffermato per un attimo sul fatto che tutto era stato architettato, che le persone che circondavano il tuo potente padre erano tutte comprate dal denaro, che il legame tra te e me non si sarebbe potuto spezzare se non e finché non fosse stata spezzata la forte colonna vertebrale di mio padre? L'hanno rotta. Mio padre è morto in carcere. Un uomo innocente a cui è stata inflitta la pena di morte. Tra l'altro, lei è più bello con l'uniforme, più attraente ancora, senza l'uniforme".

Scoprii che aveva una certa ammirazione per me. Le lodi per me mi hanno fatto battere il cuore. Ero al di là di me stesso.

"Da un ingegnere, un dirigente, a un ufficiale IPS? Il viaggio è interessante. Qudos alla tua ambizione".

"Draupadi?"

"Maria. Odio qualsiasi nome dei brahmani".

"Cosa c'è in un nome? Mi conosci? Non ero certo quel Brahman affamato di caste? Lo sono stato?".

Silenzio. Il tempo scorreva pesantemente su di me. All'improvviso Draupadi si alzò in piedi. Una rabbia impotente ribolliva in lei. Mi ha lanciato uno sguardo interrogativo.

"Perché sei venuto qui?"

"Sono venuto a riprendermi mia moglie".

"Non è possibile. Il suo nome è registrato nella stazione di polizia come criminale. C'è una causa contro il mio nome, ancora in corso".

"Caso? Ho chiesto avidamente".

"Tentativo di omicidio".

Mi sono sentito curiosamente in preda al panico.

"Cosa?" Non riesco a immaginarla come un assassino. Raccontami cosa è successo. Lo farai?"

"Sono stata venduta a Tribhuban, che, non ne sapevo nulla, era un trafficante di donne. Io e mia madre siamo state bendate e scaricate in un camion per essere esportate in una fattoria da qualche parte nelle vicinanze di una zona boschiva. Tribhuban, dopo aver parlato con i contatti, ci ha spinto entrambi in una stanza. Questo è stato il giorno maledetto della mia vita. Stremati dai cani, con le mani e le gambe legate dalle catene, abbiamo aspettato l'alba. Era mezzanotte. La Hayeena è arrivata ubriaca e mi ha assalito. Mia madre allungò le gambe, si rotolò sul pavimento per resistere, ma fu duramente picchiata. Non sapevo cosa fare. All'improvviso, su due piedi, qualcuno in me ha sussurrato: "Fai qualcosa".

Ora ansimava. Le passai una bottiglia d'acqua al fianco. Bevve con un gorgoglio.

"Allora?"

"L'animale era nudo. Venne a penetrare in me e proprio in quel momento tirai fuori il mio coltellino dalla cintura e tagliai a pezzi il suo organo maschile. Prima dell'alba siamo fuggiti, anche senza sapere dove andare".

"Abbiamo corso e corso e, salendo su un furgone di pescatori, siamo andati alla stazione ferroviaria. Senza pensare ai pro e ai contro siamo saliti su un treno senza biglietto; siamo sfuggiti agli occhi del TT e dopo 2 giorni abbiamo raggiunto l'ultima stazione. Siamo scesi, solo il fantasma di noi due!".

"Oh mio Dio!"

La signora dell'edificio scolastico è intervenuta.

"Il resto è con me. Caro ragazzo, ho sentito tutto dalla mia stanza. È una coincidenza che io, con mio marito, ora deceduto, abbia visto la madre sfortunata e questa ragazza dalla carnagione chiara, con occhi stupefacenti e una personalità che attira facilmente l'attenzione, drappeggiata come un'indigente, un proletario in difficoltà, circondata da bagarini, polizia e ticket. Il mio Signore Gesù ha detto alle mie orecchie: "In ogni cosa vi ho mostrato che lavorando sodo in questo modo, dobbiamo aiutare i deboli e ricordare le parole del Signore Gesù, come lui stesso ha detto "è più benedetto dare che ricevere"". Ricordo quello che ho pregato: "Siate gentili gli uni con gli altri, teneri di cuore, perdonandovi a vicenda, come Dio in Cristo ha perdonato voi".

Avevo la testa bassa per rispetto. Continuò: "Abbiamo portato questi due nel nostro povero cottage. Ha dato alla madre un impiego. La ragazza è stata istruita a dovere. Ha detto di non avere parenti, di non avere nessuno a cui badare. Era annoiata dalla vita; voleva rinunciare alla parola facendosi suora. Ma ho resistito.

Draupadi ora stava davanti a me tendendo le mani". Ora arrestatemi, sono un criminale, un peccatore. La signora disse con calma: "Soprattutto continuate ad amarvi seriamente, perché l'amore copre una moltitudine di peccati".

Ho tirato fuori una cartella contenente il mio certificato di matrimonio e una serie di scatti. Documenti in ordine.

La signora esaminò accuratamente e rimase in silenzio. Draupadi iniziò a pregare Dio: "Benedicimi Padre, perché ho peccato". È passato... dalla mia ultima confessione".

Ho rotto il silenzio.

"Siete più peccatori che peccatrici".

Non me ne sono accorta, la mia povera suocera era uscita per assistere alla confessione. Ho detto: "Lasciate a me le questioni legali". Draupadi disse ancora una volta: "Vieni, arrestami. Che la giustizia venga alla luce. Dove vuoi portarmi, in quale prigione?". Piangeva grandi e forti singhiozzi.

Il mio cuore cominciò a battere all'impazzata. Ho recitato dolcemente:

I giusti gridano e il Signore li ascolta; li libera da tutti i loro problemi.
> Il Signore è vicino a chi ha il cuore spezzato e salva coloro che sono schiacciati nello spirito". (Salmo 34, 17-18)

"La riporterai a casa, ragazzo mio?", chiese con calma la vecchia signora.

"Se me lo permette".

Rimase in silenzio per un momento. Poi disse dolcemente: "Sia benedetta la ragazza". Un momento di silenzio.

Ha gridato. "Chi si prenderà cura di queste creature vecchie e inferme? Signore, sii con noi".

Le presi le braccia fragili, le baciai il palmo e le dissi: "Tornerà alla tua scuola". State tranquilli".

Alzai gli occhi su Draupadi. Piangeva con un mormorio sommesso e diceva: "Benedici la mia Santa Madre, per vivere sempre con la tua benedizione".

Post Script

Tornata a casa dopo sette anni, insieme a Draupadi, vidi mia madre in lacrime che allungava le sue deboli mani verso di me. Mio padre, pentito, avanzò verso di me con uno sguardo carico di aspettative. Vidi un grande dolore stringere il suo cuore. Pianse lacrime amare. Ha detto, per la prima volta, "bentornato a casa, bouma". Poi ha confessato: Perdonami, mio Signore. Sono io il peccatore".

Le porte della casa erano spalancate. Le finestre, chiuse da tempo, sono state aperte per far entrare l'aria fresca. Gli uccelli sono arrivati con le loro melodie. Una lunga serie di "eyos" (donne sposate) ha creato una sinfonia di "ulu". Le conchiglie soffiavano la gioia divina. Abbiamo portato insieme la luce delle candele, la croce e il flauto del Signore Krishna. Sentivo il baul cantare ad alta voce:

"Sabloke koy Lalan ki jaat sangsare,

Lalan bale jatir ki rup, dekhlam na ei najare".

(La gente chiede ad alta voce: "A quale casta appartiene Lalan? dice Lalan con un sorriso curioso: Con tutte le mie ricerche, non sono riuscito a capire quale sia l'immagine della casta).

Sull'Autore

Biren Sasmal

Biren Sasmal, noto scrittore di racconti, con 250 racconti in bengalese e diverse fiction al suo attivo, è originario di Kolkata, nel Bengala occidentale, in India. Scrive sia in inglese che in bengalese. Di recente, un'antologia di 43 racconti, "Galpasangraha", è stata pubblicata da un editore di fama. Anche come scrittore di narrativa si è guadagnato una certa fama. La sua narrativa "JALKAR" (una tassa da pagare alla natura molestata dall'umanità) ha ottenuto il Premio Autore dell'Anno dalla Casa Editrice Ukiyoto, Canada, Filippine India. La sua recente antologia di racconti "GALPASANGRAHA" è stata premiata come AUTORE DELL'ANNO 2024 da una rinomata casa editrice internazionale, "UKIYOTO PUBLISHING". Questa antologia ha ottenuto anche diversi altri premi. Come giornalista, ha contribuito con numerosi articoli ai principali quotidiani, sia in inglese che in bengalese. Attualmente sta lavorando alla narrativa di ricerca "KOULINYA" e a una narrativa in inglese sull'enigma del Kashmir: "As Quiet Wails the Jhelum".
È originario di Khardah, una città adiacente a KOLKATA, WEST BENGAL, INDIA.

www.ingramcontent.com/pod-product-compliance
Lightning Source LLC
LaVergne TN
LVHW041531070526
838199LV00046B/1612